Forget it Not

阿部大樹

作品社

Forget it Not

阿部大樹

作品社

目次

はじめに

　忘れてしまったら記録もされず消えていくばかりのことが案外あるもので、せめていつか思い出せるようにとこれまで文章を書いてきました。日々を過ごしているうちに忘れたことさえ忘れてしまう気がして寂しいからです。

　思い出そうとすると、忘れないでいようとした理由まで一緒に思い出すのは奇妙なことで、それがその時には意識されなかったことであったりもして、昔あったことは無色透明ではなく、思い出されてまた云々と言及されたり書き直されたりするために残されているのだと感じます。

なので、これまで書いてきたもの、その時々で論文であったりエッセイや書評であったりした文章について、今から振り返って一つずつ注釈をつけてみようと思います。

これを書いたとき考えていたことの多くを、というかほとんどを忘れているはずですが、そうすれば思いだすこともあるはずで、また新しく付け加わるものもやはりあるだろうと想像するからです。

妄想のもつ意味

妄想はどうして生まれるのでしょうか。あるいは妄想とは、何かの副産物であって、それ自体に意味なんて無いのでしょうか。

妄想の意味、ということをここでは述べたいと思いますが、その前にすこし立ち止まって、「意味を理解する」とはどういうことであるか、考えてみます。何かを理解するというのは、ドイツ語から翻訳してくれば済むことではありませんし、難しそうな本を要約することとも違います。

私たちは物事をありのままに認識することができません。意味を理解するというときには、そのために独特な、ひとつの形式があります。意味が分かるのはその形式に沿って事態が描かれたときです。

言い換えれば、大前提と小前提からメカニカルに導かれた結論に、私たちはうまく意味を受けとることができません。

水源があって、そこから川が流れて、その先に河口が開いている。例え話に過ぎませんけれども、この川の比喩でみるときに水を上流から下流へと運ぶもの、水源と河口の高低差として現れるものが、ふつう私たちが意味として受け取るものです。

クロード・レヴィ＝ストロースはかつて『神話と意味』のなかで、文字をもたない民族、飢えを凌ぐための必要ごとに支配されているような部族に伝わる神話について論じました。[1] 神話論理 mythologiques の特徴として三つを挙げています。

(1) 可能な限り最短の手段で、宇宙の一般的理解を目指す。
(2) 一般的であるのみならず、全的理解を目指す。
(3) 全てを理解しなければ何一つ説明したことにならない。

精神科医のみる「妄想論理」にもどこか似たところがあります。

妄想において顕著な、すべて把握ないし掌握したいという欲は、平時の人間の考える様子とはかなり違っています。（これが精神疾患の有無の話ではないことに注意してください。）

妄想のないときには、出来事はそれぞれ分割され、一つずつ吟味されていきます。理解されなかった要素はそのまま理解されなかったものとして留め置かれます。多くはそのうち忘れられるでしょう。妄想が生まれるのはそれができない状況にあるときです。これが困難を乗り越える実質的な力を与えてくれることは稀でしょう。けれども理解できている感覚を代わりに保障してくれます。

破局が近づいていて、自我を保つための必要ごとを辛うじて処理している人ほど、身の周りのことを完全に把握しようとするものです。これはかなり切迫した欲求です。それを急拵えするとき避けることができない、ある特定のスタイルが妄想のなかに現れます。

◆

かつて私が関わった方のお話です。入院中で退院の近い、五〇代女性の言葉。

自分は、来週には退院する。
これまで長く住んできた公営住宅で、また独居する。

ベランダを挟んだ向こう側に、女の子が住んでいる。
年齢は、中学生か、あるいは小学生くらい。
彼女も自分と同じ病気を持っているようだ。
ここしばらく入院していて、最近退院したらしい。

どうやらその部屋に、男が住むようになったようだ。
年は二七くらい。その男は、私を追いかけてきた男。
相模原から私のことを追いかけてきた。
年のずいぶん離れた私のことを、追いかけている。
もっと違う人にすればいいのに、
でもその人と一度二度関係を持ってしまった、
私も悪いのかもしれない。

女の子は、きっとそれも病気の症状なんだけど、
あの女を殺して殺してって、その男に毎日言っている。
アパートは、鉄筋建築で、女の子の声が響いて伝わってくる。

そういう病気の人に、
頭ごなしに否定するのはいけないって男も知ってて、
だから女の子に強くいえない。
でも、その男はかなり悪いやつだから、
そんな風に毎日いわれるといつ気が変わって、
本当に私を殺しにくるか、わからない。

何でそんなことというの、
仲良くしようよって私もいうことがあるんだけど、
声がやむのはほんのしばらくだけ。

女の子もきっと病気で大変な思いしてるのだけど、きっと。

その男は、本当に悪いやつ。
十何人も殺したんだから。
私も障害者だから、いつまた殺されるかわからない。
でもきっと、その人も病気で、辛いのかもしれない。
しばらく入院していたみたいだけど、
少し良くなったからって退院して、初公判を待っている。

彼女の言葉は、実際に起きていることではありませんでした。向かいのアパートの様子が鉄筋を伝って響くことはないだろうし、相模原市のテロルを起こした男が今、女子中学生と生活している筈はありません。当時は勾留中でした。
しかし語られたことが、取るに足らないとか、不安と幻聴によって二次的に作られたものだとかと言って済ますこともできないだろうと思うのです。どうして二人の病み上がりの人間、中学生の少女とテロル犯が現れなければならなかったのか。

昔から近くに住んでいた少女と、遠くから新しくやってきた男性。一人は自分を殺そうとしていて、もう一人はそれを押しとどめようとします。一方とは仲直りしたいが、もう一方のことは恐れています。そして退院したばかりの二人が、自分がこれから退院する先にいるわけです。

複数の対立項が、障碍者が狙って殺された事件を再現する形でまた結合しようとしていて、そして判決の日は近い、そんな風に語られています。

一つの格率に沿って生きるべしという格言もありますが、裏を返せばこれは、そうすることが普通はきわめて難しい、ということです。人間には相反する二つの傾向性が含みこまれているものです。相反する傾向、一方が同化を求めれば他方が分離を求めるような斥力があります。そして人間はこの内的な多様性が失われることを恐れます。

少女とテロル犯人の同居していることは物質的には誤りですけれども、語られたイメージのなかでは替えがたい役割を与えられています。それぞれの登場人物たちは代名詞のように働いて、二つの対立的な作用をそれぞれ表しています。これを隠喩の一種として捉えることも可能でしょう。いずれも「客観的関係に対する直観[2]」のもと行われている操作です。

あれこれと妄想を弄りまわして解釈するのが正しいわけではありませんが、しかし妄想には、文化という変数がそもそも定義からして組み込まれています。「同じ文化に属する同胞によって理解される」なら奇異な妄想とはしない、という有名な除外規定がそれです[3]。

この文化と呼ばれるものを構成している多人数のうち、完全に健康である人間がどれだけいるだろうかと立ち止まってみると、妄想を異教ないし突然変異体として扱うよりは、汎神論というか、それなりの理由があって遍在しているものとして考えておくことの方が妥当であるように思います。

◆

妄想がただ一部個人だけのトラブルでないことは、文化あるいは様式の変遷していく過程が、個人が妄想を大きくしながら慢性化させてく過程とよく似ていることからも示すことができます。

ここまでに述べたように、妄想にあらわれる人物とか小道具とかが現実にそのまま繋がっていることはありません。けれども出来事の相関とか、モノでない観念を表すことをしているのであって、言葉を変えれば、それぞれのモチーフが戯画《カリカチュア》として働いていることになります。

カリカチュアというのも様式の一つですから、その発展史とか時代性を追うことができます。たとえば十五世紀、ヒトが大挙して海を渡るようになったころ、花盛りだったのはアラベスク模様でした。アラベスクではちょうどタイルを敷き詰めるように、モチーフを無限に描きつぐことができます。合理性の徹底した表現ということもできそうです。

ここから発展して、十六世紀になるとグロテスク様式が流行します。[4] それまで素材にすぎなかった葉や枝は重力を無視して弧を描くようになり、生物の顔面は身体から独立して宙に浮き、対称性を失って異形の新生物が現れました。この頃に布キャンバスが開発されて絵画表現は、建築とか衣類の添え物でなくなっていきます。印刷術の登場によって、地理的／時間的な縛りからの解放がさらに進みます。十七世紀には物語本や滑稽話集がはじめて広く流通するようになって、文芸にも抽象化の波が及ぶようになりました。これが先鋭化して、ヒトにある戯画化の欲求は、十八世紀の風刺画に至って一つの完成をみます[5]。

　自分自身の手で可能であるよりも大きな俯瞰図を得ようとすること、モチーフの操作によってそれを成し遂げようとする欲求は、大航海時代に芽を出して、三〇〇年をかけて宗教建築から一枚の風刺画にまで凝縮されたことになります。

　この流れが一段落したとき、つまり十八世紀に、精神医学が始まったことは偶然でしょうか。ドイツではＪ・Ｃ・ライルが「精神医学 Psychiatrie」という語彙を初めて記載し、イギリスではＴ・アーノルドが精神病の分類を可能であると宣言しました。そしてフランスではＰ・ピネルがビセトール病院長となり、病者を鎖でつなぐことを終わらせました。

Grotesque（伊grottesco）の語は元来、洞窟（伊grotta）から発掘された古代装飾を呼称するための造語であった。この発掘（15世紀ころ）は西洋思想全体にその後、強い影響を与えた。*Roger-Armand Weigert*（1938）: Jean I Berain, dessinateur de la chambre et du cabinet du Roi : 1640-1711 より グロテスク装飾の一例

グロテスク装飾は、時代が進むに連れて体系化の程度が減じる。上図とは一見別物のように見えるところを、美術史家が同じ系統のものとして把握している点が興味深い。ヴォルフガング・カイザー『グロテスクなもの――その絵画と文学における表現』竹内豊治訳、法政大学出版局、1968 より Johan Heinrich Keller（17 世紀後半）、*Knorpelgroteske*

No. XXXVI.
The ever-memorable Peace-Makers settling their Accounts.

18世紀のイギリス風刺画は、主題や登場人物による分類を経ることで現在でも商品価値を保ったまま流通している。John Carter Brown Library所蔵 The ever-memorable peace-makers settling their accounts

そのピネルが記録したものを略述してみます。

一七八八年、イギリスのジョージ三世王が変調をきたし、人里離れた王宮に隔離された。医師によって窓と壁がマットレスで覆われた部屋に閉じ込められた。ある日、王は激しい不穏状態となり、やってきた医師に汚物を投げつけた。医師の指示により近侍は、王を力ずくで裸にし、スポンジで洗い、着替えさせた。これが数か月間何度か繰り返され、そして王は回復した。[6]

この一連の出来事をM・フーコーは「原始的精神医学」と呼びました。[7] まだ巨大精神病院群の建てられる前ですけれども、宗教と王権の渾然一体となった権力よりも医師の指示が上位になった瞬間、つまりそれまで至上権であったはずのものが妄想というラベルによって上書きされた時点があったわけです。

◆

精神医学の作られるまでの歴史、つまり妄想として何かを俎上にのせる学問の現れるまでの歴史を、このように現代の私たちは、現実世界に対する抽象表現の発展の歴史としても捉えることができます。

一見すると万能の、外部から何でも取り込むことのできる形式があって、次には継起する出来事を固定化する新しい技術が生まれて、そのことが逆説的に、モノに紐付けされずに考えることを可能にしたのでした。

教科書に書いてあるような、個人のもつ妄想の大きくなっていくプロセスはこれによく似ています。まず「気づき」の亢進とでも言えるような極めて敏感な時期があり、このときには何もかもが眼や耳に飛び込んでくるようで、無視することができません。次にそのことがたった一つの意味、病気の場合には特に、追われているとか迫害されていることの証拠として身に迫ってきます。それが数十年と続くうちに、慢性化というか固定化されて、周りが何をいっても動かしがたくなります。

歴史を繙くことからは、妄想が一人ひとりにどう作用するかを知ることはできません。その代わりに、妄想の少しずつ形をとって定義されるに至るまでの手がかりを得ることができます。そして反対に、一人ひとりのもつ妄想を詳しく見ていくことは、妄想とは何であるかを教えてくれない代わりに、それが世界の把握のためにどのように働いているかを示してくれます。

妄想という群がいかに発見されたかと、それぞれの妄想が各時点でどう作用しているかは、このようにかなり厳密に相補的になっています。

「妄想の意味」を摑むというのは大仕事であって、およそこのような短文で書き切れることではありませんが、概ねのところはここに書き留めたようなアプローチをとって成されることだろうと思います。

註

1 クロード・レヴィ＝ストロース『神話と意味』大橋保夫訳、みすず書房、一九九六

2 Sir Herbert Edward Read, *English Prose Style*, 23, G. Bell, 1952

3 *Diagnostic and statistical manual of mental disorders*, 5th edition, 87, APA, 2013

4 ヴォルフガング・カイザー『グロテスクなもの——その絵画と文学における表現』竹内豊治訳、法政大学出版局、一九六八

5 トーマス・ライト『カリカチュアの歴史——文学と美術に現れたユーモアとグロテスク』幸田礼雅訳、新評論、一九九九

6 フィリップ・ピネル『精神病に関する医学＝哲学論』影山任佐訳、中央洋書出版部、一九九〇

7 ミシェル・フーコー『ミシェル・フーコー講義集成4　精神医学の権力——コレージュ・ド・フランス講義1973–1974』慎改康之訳、筑摩書房、二〇〇六

あとがき

妄想というと、字義からすれば「みだりな」考えである。ただここに書いた相模原の事件があってから、この辺りの医学用語を使うことへの職業意識というか自信がかなり揺らいだ。そのうち精神科病院という場所にもしっくり来なくなって、結局しばらくして離れることになった（後で書くように他の色々な理由もあった）。いま読み返すとこの文章はつくづく教え諭すような調子であって鬱陶しいが、自信の無かったことの裏返しだろうと思う。

――食べて寝て起きての繰り返しのなかに生活の九割九分は入るもので、その範囲でいえば誰でも他人とそう違っているところはない。一人ひとりの独特なものはそこに収まらなかった残りにあるはずで、でも科学は有意差についての営みであるからその残り部分について教えてくれなくて、〈まぁ自分もそうなるかもしれないな〉と言える範囲にしか踏み込まない。その点では医者も患者もなく平等である。その公平無私なところにそれまで惹かれていたのでもあった。

ただそれは合わせ鏡みたいに窮屈だった。つたない自分の日々と照らし合わせて何か理解して、それに大した意味があるだろうか。みだりなことはしてこなかったと自信をもてるかどうか。結論の出ない話だ。

八丈島にて

八丈島に行った。歩いていると野良の孔雀（たぶん）が目の前を横切っていくようなところ。いい島だった。

オフ・シーズンで誰もいなかった。海にもいないし、街にもいなかった。旅館に着いてからパンフレットをみると人口が八〇〇〇人程らしい。一人旅だったし、携帯電話も持たずに来たから、全部から隔絶されたような気分で一周五〇㎞の島をレンタサイクルで廻ったりした。

小学生の頃を過ごしたのも海の近くだった。八丈島は、日本海側の寂れた港町とは波の音から下草の色まで違っていたけれど、それを喋る相手もいないので黙々としていた。エキゾチックでも懐かしい気分になったのは、久しぶりに海の近くで一人になったからだろうか。

そういえば中学生くらいまで、なにか思うことあっても、ほとんど心に留めておくだけだった。田舎で、休みに出歩いても誰ともすれ違わないのが日常だった。誰でもいいから会いたいと願いながら散歩していた時期がある。

レンタサイクルを漕ぎながら頭に浮かんだのは一ヶ月前に診察したアイルランド人のことだった。

厄介な悩みをもつ人だった。自分が他者から隔絶していると、物心ついたときからずっと感じていた。その感覚だけあって、どうしてそうなのかは分からない。外国人である限り〝filter〟を通して扱われる日本にきて初めて（少しだけ）安らぎを得た、と言った。感情の変化を誘うようなあらゆる出来事にとても苦痛を感じる。そして〝calm〟でいるために、そのうち飲酒するようになり、気づくとアルコールなしでは手が震えるまでになってしまった。

〈そのフィルターについては私も知ってる気がしますよ〉というような相槌を打ったけれど、その後にうまく言葉が続かなかった。普通であることの難しさを体現しているような人だと思った。

共感があり、それは嘘じゃなかった。多少とも助けになるだろう薬も渡せた。だけど何かを解決した感じはなかった。

普通であることの難しさ。
精神科医は普通であることに対して、なんというか、一種の頓着がある。「周りのことは気にしないで好きにやるのが一番」式の、そういう信念を持つ人間はあまりいない。というか、そういう考え方を職業的実践としてやるなら、少なくとも精神科医である必要はあまりない。実際、病院をやめてビール工場をひらいた知り合いもいる。

ならば自分はどうして、普通であることに執着するのか。今でもよく分からない。生まれつき茶髪だったから田舎の学校では（たぶん）浮いていたし、中学と高校のときに大きな地震が二回あって（近くにあった原発から煙が上がった、原発というのは寂れた町にだけ建てられていく）実家の向かいにあった人家も潰れた。コンクリートの電柱が捻れるみたいに倒れていて、電線の張り具合によっては母か祖父が死んでいたかもしれないと思った。大学を出てからも、病院では患者さんよりも医者の方が変わっていたし、そこで大半の時間は畑を耕したり秋刀魚を焼いたりしていた。病棟に囲まれた庭で。

郵便はがき

料金受取人払郵便

麹町支店承認

6246

差出有効期間
2024年10月
14日まで

切手を貼らずに
お出しください

1 0 2 - 8 7 9 0

1 0 2

［受取人］
東京都千代田区
飯田橋２—７—４

株式会社 作品社
営業部読者係　行

【書籍ご購入お申し込み欄】

お問い合わせ　作品社営業部
TEL 03(3262)9753／FAX 03(3262)9757

小社へ直接ご注文の場合は、このはがきでお申し込み下さい。宅急便でご自宅までお届けいたします。送料は冊数に関係なく500円（ただしご購入の金額が2500円以上の場合は無料）、手数料は一律300円です。お申し込みから一週間前後で宅配いたします。書籍代金（税込）、送料、手数料は、お届け時にお支払い下さい。

書名	定価　　円	冊
書名	定価　　円	冊
書名	定価　　円	冊
お名前　　TEL　（　　）		
ご住所　〒		

フリガナ
お名前

男・女　　　　歳

ご住所
〒

Eメール
アドレス

ご職業

ご購入図書名

●本書をお求めになった書店名	●本書を何でお知りになりましたか。
	イ　店頭で
	ロ　友人・知人の推薦
●ご購読の新聞・雑誌名	ハ　広告をみて（　　　　　）
	ニ　書評・紹介記事をみて（　　　　）
	ホ　その他（　　　　　）

●本書についてのご感想をお聞かせください。

ご購入ありがとうございました。このカードによる皆様のご意見は、今後の出版の貴重な資料として生かしていきたいと存じます。また、ご記入いただいたご住所、Eメールアドレスに、小社の出版物のご案内をさしあげることがあります。上記以外の目的で、お客様の個人情報を使用することはありません。

それでも今こうして生活できているわけだし、それならガハハ式の人間になっていてもおかしくなかった気がする。けれども診察室のなかで話をするとき、今あまりエキセントリックなことは言わない。

関係があるのかないのか分からないが、考えているうちに読んでいた本の一節を思い出した。曰く、「共感より先に行っても、あとは責任くらいしかない」。共感の先に大したものはないという。

お互いに傾聴し合うことが愛なはずなんだけど、実際には「そんなのダメですよ、ちゃんと愛してるって言わないと伝わりませんよ」って見えない何かからプレッシャーをかけられてるような感覚が多くの人にあるんじゃないかな。

差し迫った情況であるほど、その瞬間に何かをしなければならなくなって、医者は土足で踏み込むようなことをする。制約の多い環境にいることで染み付いてしまう態度だけれども、でも他のやり方もあるのではないか。

思えば奇遇ですね、こんなところでお会いするなんて——みたいなやりとり。

少し別の観点から。

アメリカの精神科医サリヴァンは一九三九年、アメリカ内務省で講演をしたとき、例の独特な口調で、〝Love〟についてかなり詳しく語っている。

愛とは、ある他者、ある特定の相手が体験する満足と安全とが自分にとって自分自身の満足と安全と同等の重要性を持つようになりはじめる、ということである。…愛ということばが世間でどのように使われているかは知らないが、私の知る限りこの定義に合わない場合においては愛という状態の存在することはない。

そして愛のようであって愛でないもの、括弧付きの「愛」を次のように言い切っている。

ある若者がいて、ある晩、いつものとおり一人で映画に行った。若者は、勉強に「集中」できないと思った時よく映画に行くことにしていた。…ある晩、プラチナブロンドの髪のヒロインが進退きわまって、観客が手に汗を握った瞬間、若者の心に何かが起った。若者は〝電撃を浴びた〟ように感じた。若者は普段の陰気だが冷静な世界から放り出されてしまった。若者はこれこそ「真の女性」そのものだと思った。若者は「愛」に陥った。

愛することに比べて愛されることは難しい。でもそう思うときに思い浮かべているものは、二人の安全と満足が相手と重なり合う状態のことではないように思う。そういう状態だと括弧を外した愛には手が届かない。

診察室で初めて会った誰かの話に、ピンとくるものがあるとき、それはどこか映画女優にひらめいた「愛」に近いもののように思う。インスタントな感情というか。

この話に特に行き着くところはありません。

参考文献

いとうせいこう・星野概念『ラブという薬』リトルモア、二〇一八
H・S・サリヴァン『現代精神医学の概念』中井久夫・山口隆訳、みすず書房、一九七六

あとがき

言葉は、まず第一に日常生活の用事をこなすために作られて、運用されて、これまで発展してきた。

乳児のころ、言葉は近い人とのコミュニケーションのために湧いてくる。そして日々の活動のなかで少しずつ精緻化されていく。そのうちに日常生活を超えたところの話題も取り扱えるようにはなるが、もともと語彙も文法も日々の便宜を得るためにチューニングされてきたものだから、生活範囲から離れたものを自然言語で表そうとすると不具合が多くなる。

たとえば外気温が五度から三五度の範囲であればそのニュアンスを書き分ける語彙や構文がいくらでもあるが、たとえば氷点下二〇〇度の天王星の気候については、私たちの言葉は、かなり雑駁にしか表せない。

この袋小路を、哲学論議を目にするたびに思う。たとえば、「サッカーの試合の存在論」の問い。

サッカーの試合はどこに「ある」のだろうか。私たちが目で見て、手で触ることができるのは、サッカー選手であり、埼玉スタジアム2002であり、スタジアムの客席であり、観客である。しかしそれらのどれをとってもそれは「サッカーの試合」ではない。(中略)それは、審判がホイッスルを吹いた途端に出現し、一度の休憩をはさんでもう一度ホイッスルが吹かれた瞬間に消滅する、驚くべき「存在者」なのである。(高井ゆと里『ハイデガー』)

存在する、というような言葉を日常生活のなかで私たちは普通に使っていて、それで別に不便もない。——というか、日常生活のなかで不便しないように、〈存在する〉という言葉が作られてきたのではないか。つまり意味のうちにのりしろというか曖昧さが作りつけられている。腹が膨れたときでも痩せてしまったときでも着られるように下着にはゴムが入っているように。

逆に言えば、日常由来の語彙を使っている限り、極限状況について考え表そうとしても多難である。日々の生活プロセスから離れたことを精密に考えるとき、自然言語から言葉をとってくると使い物にならない。普段着で天王星に行くようなもので…。

というようなことを、つらつら書いたのは心理学をやるときにもこの壁が高いからで、処世的な語彙（たとえば本文で触れた、「愛」とか）によって人間精神の深いところ、普段は立ち入らないところまで語ろうとすると、どうしても不協和になってしまう。

数学みたいに、日常を一旦棚上げにして、専用のコトバを作った学問もある。他方に、哲学とか心理学みたいに、二兎を追って葛藤しているものもある。診察室に座っているとその葛藤が特に大きい。

スキゾフレノジェニック・マザー

むかしスキゾフレノジェニック・マザーという言葉があった。精神疾患の原因を母親一人に押し付けるようだと批判されて、いまは死語になっている。水泡のように歴史に消えていった病因説の一つである。

現代ではもう引用されることもなくなったその初出文献にあたると、しかしながら著者フリーダ・フロム＝ライヒマンの手になるテクストはかなり多義的で、母をただ責めるばかりのものとも読めない。むしろ自閉的になりつつあった精神分析サークルに対する異議申し立てではなかったか。彼女自身そのサークルに属してもいたわけだが——。

◆

フリーダ・ライヒマンは一八八九年、三人姉妹の長女としてドイツに生まれた。父は正統派ユダヤ教徒の銀行家、母は児童教育に熱心な運動家であった。

女性として初めて一九一三年にケーニヒスベルク大学の医学位を取得する。大学を出て婦人科から精神医学に転向し、教育分析を受けた後にエミール・クレペリンの診療所でしばらく研修医をやっている。二〇年代に入るとホルクハイマーやアドルノと共にいわゆる「フランクフルト学派」の初期メンバーとなり、この頃にエーリッヒ・フロムと結婚する。三三年にナチスが政権を取るとパレスチナを経てアメリカに亡命し、三五年からメリーランド州のチェスナット・ロッジ病院で働くようになる。

◆

論争の的となったのは、彼女の"Notes on the Development of Treatment of Schizophrenics by Psychoanalytic Psychotherapy"と題された論文である。[1] 表題の通り、スキゾフレニアの治療のために精神分析の技法をどのように発展させるべきかを論じている。

これがきわめて挑戦的なものとして受け止められたことは間違いない。発表されたのは北米でフロイト学派が隆盛を誇っていた時期である。一派（の男性）でないと教授になれなかった。もうフロイトは鬼籍に入っていたわけだが、それによって神格化が完成してしまったようなところがある。そしてフロイトは、スキゾフレニアが「幼児的自体性愛への退却」でありさらには「治療不可能」であると主張していた。[2]

呼び名は様々あったものの、国や時代を問わずスキゾフレニアは精神科医にとって第一の課題であった。「普遍症候群」[3]とさえ呼ばれる。だからフロイト理論がそれに対して無力であることは、精神分析というプログラムの妥当性を曇らせるものであった。フロム＝ライヒマンがスキゾフレニアを持ち出して精神分析に「発展」を求めたことは、その権威に傷をつける行為だった。

その論文から何箇所か取り上げてみよう。

たとえばスキゾフレニアの治療指針を書きながら〈幻覚や妄想について「解釈する」のではなくて、症状の起源や相互作用に意識を向けさせる〉、さらに〈目指すところは、神経症を扱うときと同一である〉とあるのは、暗に、古い精神分析の技法を改めることを求めている。[*] そうすると、その後に続く〈不安やパニックにつながるかもしれない働きかけは、不安を生じるにしてもパニックには至らないというだけの分量にとどめておくこと〉という一文も、なかなか複雑な響きになる。はたして治療上のアドバイスであるのか、あるいは、専門家集団のヒステリー耐性が概して低いことへの皮肉か。

〈多くの精神科医は、「頭がきれる」ということになっている自分が、「心神喪失した」スキゾフレニアのひとの話すことを理解できないとき、自分の安全が脅かされているように感じて、さらには自分が恨み辛みをもっている人物の面影を患者の向こうに見てとるようになる〉とも記されている。

本論に戻って、「スキゾフレノジェニック・マザー」の初出となる箇所。字義通りには「スキゾフレニアの原因となる母親」とでも訳される造語だが、実のところ論文の主眼というほどでなくて、文中に現れるのは一度のみ。

*……この四年後に書かれた論文はさらに直接的である。〈スキゾフレニアの患者と、よい医師－患者としての結びつきを築くことができそうもないと思われるなら、その原因は患者の精神病理にあるのではなく、医師のパーソナリティの問題である。[4]〉

The schizophrenic is painfully distrustful and resentful of other people, due to severe early warp and rejection he encountered in important people of his infancy and childhood, as a rule, mainly in a schizophrenogenic mother.（スキゾフレニアのひとは痛々しいくらいに他者を信頼することができなくて、そして憤っている。それは乳児期と幼児期に彼が受けた早期の歪曲、しばしばスキゾフレノジェニック・マザーのためである。*）

これを補足しているのが最後の頁にある一文。

The schizophrenic, since his childhood days, has been suspiciously aware of the fact that words are used not only to convey but also to veil actual communication.（スキゾフレニアのひとは幼児期からすでに、言葉がコミュニケーションを通じるためだけではなくて、ときにはそれを覆い隠すために行われることに気づいてしまっている。）

いずれの文章にも、幼少期を中心として、他者との交わりによって人間のパーソナリティが形成されていくものだという主張がある。今こう書いてみると変わり映えのしない、まったく当たり前のことのようであるけれども、この頃に支配的だったフロイトの考えでは、自我の成長プロセスがヒトにとって生得的、つまり地域や民族を問わず単一のものとされていた。この点からもフロム＝ライヒマンの主張はneo-Freudianism（新フロイト主義）などと揶揄含みに呼ばれて、異端視された。

しかし彼女の論文は、不幸にも守旧派の精神分析の代名詞として世論から批判を受けることになる。そして「時代遅れの奇説」として葬られた。その一連の経緯は、ただ矛先を誤った論争が過去にあったという以上のものだった。余波のようなものが、昨日今日と私たちの身の周りにある医療システムにまで及んでいる。成仏できなかった「スキゾフレノジェニック・マザーの幽霊」が実はまだ徘徊しているのだとも言われている。[6]

＊……当時の用法からすれば、ここでの mother とは the one who mother（世話する人）の意味であり、必ずしも血縁上の母親とは限らない。文献によってはここに男性を含めることさえある。[5]

その、一連の経緯。

第二次大戦中、徴兵された男性に変わって工場や農場労働に女性が出るようになって、これが六〇年代後半の女性解放運動の盛り上がり、いわゆる第二波フェミニズムに繋がっていく。子育てに生涯を供じるという"lay buried, unspoken"（埋め込まれていて、語られない）ステロタイプな女性像を改めることがこのとき運動の主眼であった。[7*]

◆

同じ頃、麻酔実験上の偶然から始まった精神科薬理学が急発展した。初めての抗精神病薬であるクロルプロマジンが Smith, Kline & French 社から一九五四年に米国で認可されると、五六年までに四〇〇万人が服用するようになり、SMK社は一年で会社規模を三倍にした。七〇年までに売上はさらに六倍以上になった。「治る」ことはないにせよ鎮静作用は一目瞭然であった。同効剤が他社からも続々と市場投入されて、この巨大マーケットを通じて製薬企業のロビーイング圧力は北米の医療政策を動かすものになっていった。[9]

この二つの潮流にのって、つまりフェミニズムと製薬業界の両側から、それまで広く行われていたフロイト派の精神分析が男性中心的でしかも治療の体《てい》をなしていないという批判が起こる。この告発それ自体は正しい。女性は「ペニス羨望」のせいで神経症になるとかと主張していたのは確かに精神分析家たちであったし、あるいは精神病院における治療成績という点でも実際みるべきところはなく、治療というよりも収容に近かった。

しかしこの複雑な政治力学の向く先として、精神分析のギルドのなかで外れ者だ

＊……この経緯から、若い女性が中心であった十九世紀の第一波とは異なって、第二波フェミニズムにおいては子を持つ中産階級の白人女性が運動を担っていた。これは個人開業していた当時の精神分析家の「主要顧客」であった層と重なっている。

紛らわしいが、第二波フェミニズムへのバックラッシュのような形で「冷蔵庫マザー仮説」なるものも出た。子供を置いて働きに出かける〈冷蔵庫のように冷たい〉母親によって子供が自閉症になるという主張である。これを広めたのはウィーン出身の精神分析家ブルーノ・ベッテルハイムで、彼は幼いころからフロイトに心酔していた。[8]

ったフロム＝ライヒマンが「時代遅れで男性中心的な精神分析ギルド」の象徴として排撃されたのは、歴史というものの悲喜劇であったと思う。

◆

所管の決まっていくプロセスは一般に、政治的というか、表面的であって課題の解決とは無関係なやりとりとして低く見られやすい。しかし実際のところ「所管」は、課題の各側面がどのように定義されるか、どのような語彙が割り振られるか、どれほどの資源が誰に配られるかまで、あらゆる段階で作用する。加えて、一度それが決まった後には前提化されるから、いわば無意識のバイアスとなって「見えない力」に化ける。

こころを扱うのは第一に医学であるとするコンセンサスが作られていった右の過程は、この意味で大きな転換点であった。精神疾患とか精神病とか、医学上の問題であるという前提をもつ語彙しかいま私たちの手近にないことも、この見えない力の一種である。たとえば〈癇〉や〈狂〉のような字で表される、かつての宗教／民俗的な背景を持った語彙は現在ほぼ駆逐されている。差別語である、つまり現代人にとっては誤った理解の枠組みであるというのを理由にして。*

ある一時代に、ある一国が力を持っており、そのときに偶々どういう趨勢があったかということは、「こころ」がなんであるかという問いとは本質的には無関係であるが、そのいくつかの事態の組み合わせから、いま私たちが「こころ」を考えるときの枠組みが決定されている。

二十世紀中葉にアメリカという一国家が覇権をとり、そのとき隆盛を誇った社会運動の一形態、科学技術の一部門があり、そこで生まれたイメージが例えばＷＨＯの疾病分類などを介して世に拡散していくことは、それが無価値であるとか虚偽であるというわけではないけれども、しかし「こころ」が何であるかとはあまり関係

*……逆のパターンもある。二十世紀初頭まで「郷愁」は疾患であった。ヤスパースは学位論文「懐郷と犯罪」のなかでノスタルジア nostalgia を「症候学的概念のなかに総括することが、正当であり誰も疑わない」とまで書いている[10]。しかし現代で同じことを言う人はいないだろう。郷愁は病としての資格を失ったのである。

ないことだ。

皮肉というか、おそらく誰も想像していなかっただろうことに、そういうプロセスを経て疾病として定位されたものが、実のところ他者との交わりによって生じていることが近年明らかにされつつある。幼少期に受けた性虐待が成人後の精神障害のかなり具体的な病像——たとえば幻聴が要素性となるか人声となるか——にまで影響することが知られるようになったし、差別に晒されて育つことが成人してからのパラノイアに結びつくことも示された[11]。

スキゾフレノジェニック・マザーを追い出したことは、他人との良性悪性の交わりを通じて幼児は大人になり健康あるいは不健康な人生を送るようになるという、つまらないながら地に足の着いた考え方を、医学のなかで辺縁化した。

神経科学が対象としているのは個人である一方で、精神科医のもとに持ち込まれるトラブルの多くは個人間の相互作用である。憎悪とかコミュニケーションの問題であればその時点での二者の、もっと基礎的な障害であればより抽象度の高い経験が影響していることになる。人間の声を聞いたことがなければ幻聴は少なくとも対話型にはならないだろうし、あるいはパラノイアにしても〈監視される〉とか〈追われる〉ことは後天的に学習された観念に違いない。「色・金・名誉」で人はおかしくなると言われるが、これなど相互作用の最たるものだろう。

治療の場に限らずとも、なにか問題が起きたときにその前提のところに目を向けないでいると状況は悪化する。もしスキゾフレノジェニック・マザーという言葉がいま、過去の遺物というだけで忘れられて、それ以上の連想を何も産まないならば、精神科医はまだ幽霊に憑かれているのとそう変わらないのではないか。

註

1 Fromm-Reichmann, F., Notes on the Development of Treatment of Schizophrenics by Psychoanalytic Psychotherapy, *Psychiatry*, 11(3), 1948, p.263-73

2 ジグムント・フロイト「ナルシシズムの導入に向けて」『フロイト全集〈13〉1913－14年　モーセ像・精神分析運動の歴史・ナルシシズム』岩波書店、二〇一〇

3 中井久夫『治療文化論――精神医学的再構築の試み』岩波書店、一九九〇

4 Fromm-Reichmann, F., Some Aspects of Psychoanalytic Psychotherapy with Schizophrenics. In E. B. Brody & F. C. Redlich (Eds.), *Psychotherapy with schizophrenics*, International Universities Press, Inc., 1952, p.89–111

5 ハリー・スタック・サリヴァン『精神病理学私記』阿部大樹・須貝秀平訳、日本評論社、二〇一九、九四頁

6 Johnston, J., The ghost of the schizophrenogenic mother, *Virtual Mentor*, 15(9), 2013, p.801-5

7 ベティ・フリーダン『新しい女性の創造』三浦富美子訳、大和書房、一九七〇

8 ブルーノ・ベッテルハイム『フロイトのウィーン』森泉弘次訳、みすず書房、一九九二

9 Scull A., *Madness in Civilization: A Cultural History of Insanity, from the Bible to Freud, from the Madhouse to Modern Medicine*, Princeton University Press, 2015, p.358-405

10 カール・ヤスパース「懐郷と犯罪」『精神病理学研究 1』藤森英之訳、みすず書房、一九六九

11 Read J., Argyle N., Hallucinations, delusions, and thought disorder among adult psychiatric inpatients with a history of child abuse, *Psychiatr Serv.* 50, 1999, p.1467–72

Janssen, I., Hanssen, M., Bak, et al., Discrimination and delusional ideation, The *British Journal of Psychiatry*, 182(1), 2003, p.71-6

Varese, F., Smeets, F., Drukker, M., et al., Childhood adversities increase the risk of psychosis: A meta-analysis of patient-control, prospective- and cross-sectional cohort studies, *Schizophr. Bull.* 38(4), 2012, p.661-71

あとがき

十八世紀、ニュートンの時代に科学の正しさを担保していたのは実験会場に参列していた紳士たちの証言、つまり彼らの階級的信用であった。同じ時代の日本、江戸時代の医学書などみると主張の根拠は『傷寒論』とか『金匱要略』などの古い漢籍に求められている。自然科学について、反証可能性 falsifiability や再現性 reproducibility が学問的主張を担保するとされるようになったのは、あえて言えば最近のことに過ぎない。

支配的な説明原理がかつて宗教や民俗であったところ、現代ではそれが生化学や物理学などのハード・サイエンスに移っている。説明原理とはつまり個々の現象がどのように理屈づけされるか、もっと普通に言えば「説明の仕方」であるが、十八世紀の例をみれば分かる通り、どのような説明法が選ばれるかは、それが適切であるかどうかとは無関係である。

精神医学の領域であれば、セロトニンとかアドレナリンとかの神経伝達物質の多寡がそれぞれ「鬱」だとか「興奮」だとかに一対一で対応するのでないことは、当の精神薬理学の教科書でもしばしば強調されているのだが――たとえば“Essential Psychopharmacology 2nd Ed.”をみると〈どのような神経伝達物質、酵素、受容体についても、そのうち一種類の異常が、何か特定の精神障害の唯一の原因であるとして再現可能性をもって証明されたことはない。それどころか、精神医学的診断の複雑さ、精神障害とその環境要因の密な相互作用を考慮すると、そのような証明がいつの日か可能であるとも考えられていない。〉とある――現実には、その種の都市伝説みたいな説明の仕方に専門家であっても流れてしまう。

　科学に限らずとも主流派に属していることには陰に陽にご利益があるもので、たとえ不正確であると分かっていても、時々のメインストリームに合流したくなる。精神科医の場合、このご利益というのが、しばしば医者としての自負だとか自尊心みたいな、フロム＝ライヒマンのいうところの「医師のパーソナリティ」に関わるものであるのが気苦しい。

戦時下の松沢病院

はじめに

東京都立松沢病院は、一八七九年(明治十二年)に営繕会議所附属養育院から分かれて独立した、東京府癲狂院(初代院長、長谷川泰)をその始まりとする。第五代院長呉秀三の下で、荏原郡松澤村(現在の世田谷区上北沢)に移転したのが一九一九年である。すなわち、松沢病院は一八九四年の日清戦争の始まりから、一九四五年、太平洋戦争の終結まで、近代日本が関与したすべての戦争を経験してきたことになる。中でも、一九三一年の満州事変に始まり、一九四一年の真珠湾攻撃を経て、一九四五年のポツダム宣言受諾による無条件降伏に至る一連の戦争は、松沢病院に甚大な影響を与えた。ここでは、わが国が中国大陸で本格的な戦火を開いた一九三一年の満州事変から一九四五年までの一連の戦争を、第二次世界大戦と呼ぶことにする。この論文の前半では、第二次世界大戦が松沢病院の患者や、医師に与えた影響を、後半では、この間に松沢病院から刊行された研究論文の概要を紹介する。

この時期、松沢病院の院長を勤めたのは呉秀三の後を継いだ、第六代院長、三宅鑛一（一九二五－一九三六）、第七代院長、内村祐之（一九三六－一九四九）である。内村以前の松沢病院長は、東京大学精神医学講座の教授を兼ねていた。したがって、この時期まで、松沢病院の医師は、同時に東京大学の医局員でもあった。二〇〇九年の病院開設一三〇周年を記念して刊行された、『東京都立松沢病院130周年記念業績選集 1919-1955 わが国精神医学の源流を辿る』（東京都立松沢病院130周年記念事業後援会編、日本評論社、二〇〇九）の方針に倣い、ここでの研究業績の紹介は、原則として、所属を松沢病院として発表されたものを取り上げている。

食糧難、人員不足、空襲と作業療法

松沢病院とその入院患者が被った戦禍の最たるものは、食糧の窮乏であった。内村祐之、古川復一[1]は、太平洋戦争開戦に先立つ一九四〇年、早くも、食糧難による入院患者の死亡率上昇について報告している。内村らの報告では、一九三七年の日華事変後、公費患者の死亡率が徐々に増加し、一九三九年には二二・〇%と一九三六年の約三倍、一九四〇年の公費患者死亡率は四〇%を超えると予測している。死因としては「結核性疾患、伝染性消化器疾患、いわゆる衰弱」が大多数を占めた。結核は、一九三七年の十三名から漸増し、一九四〇年には一一五名に達すると推計された。伝染性消化器疾患の死亡数は大きな変化なく、衰弱死は一九三八年の二〇名から、四〇年の推定一一五名と大きく増加している。内村らは、この状況を、第一次世界大戦中にドイツの精神病院で起こった事態と類似したものとし、「衰弱」についても、その病態を詳細に記載した上で、ドイツで報告された戦争浮腫、飢餓浮腫と同様の疾患であろうと推測している。内村らは、死亡率増加が顕著な公費患者の栄養状態を調べ、たんぱく質の摂取が必要量に達していた頻度が、日華事変以前は一か月に二〇~二十一日であったものが、一九四〇年には四~五日にまで減り、その主たる原因は物価高騰に追いつかない公費患者の食費の低さであるとしている。内村らは、この報告を次のように結んでいる。「我々精神病者救治の責任者として感ずることは、自由を奪われた患者をして自然淘汰の現象より免れしめる為、平時から今少し余裕のある待遇をできるようにしておきたいと思うことで

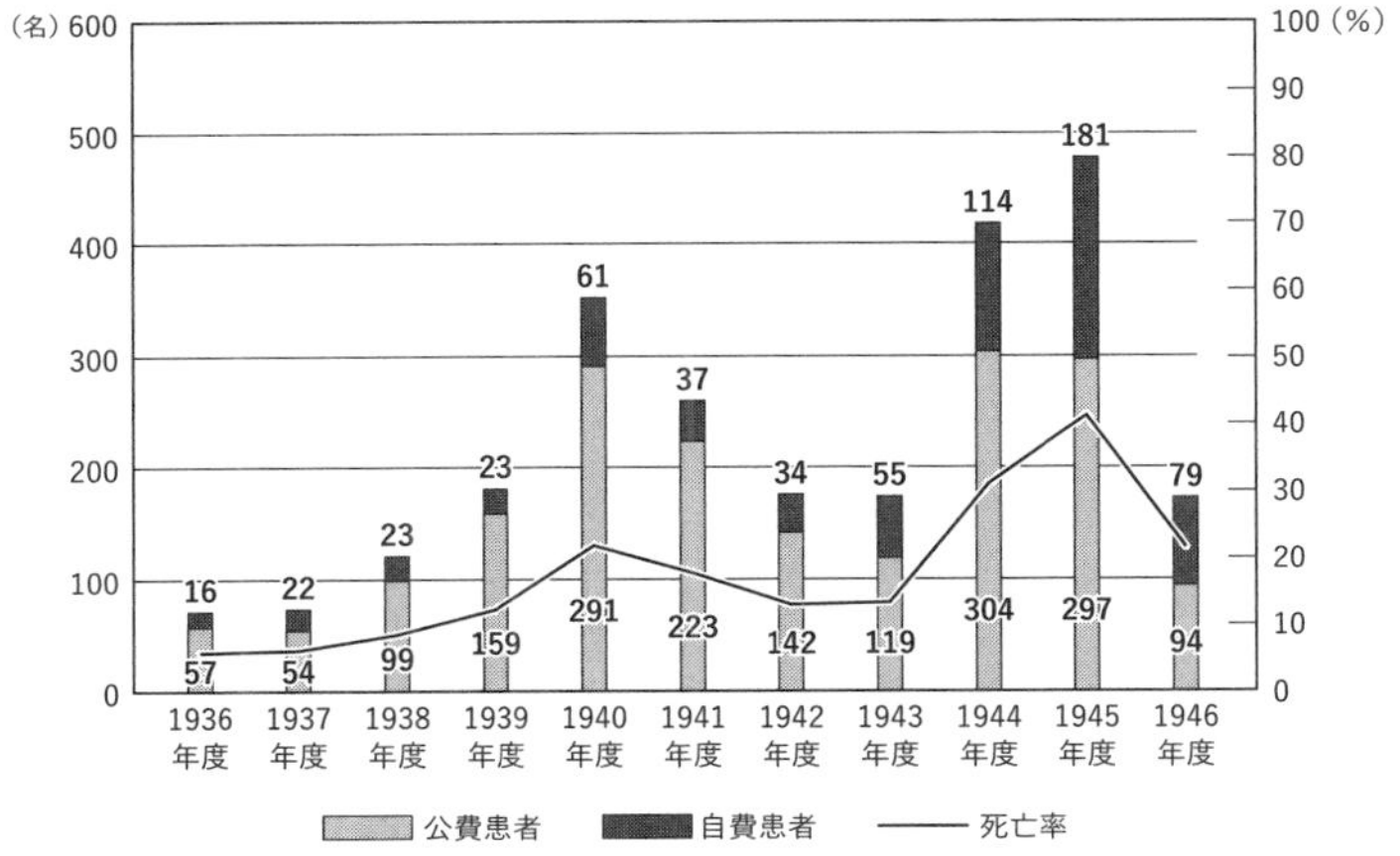

図1　年間の死亡患者実数と死亡率

ある。松沢病院の死亡率の増加は、決して戦時の経済状態の直接の結果と見るべきではなく、寧ろ平時に於ける患者の待遇の不備、延いては患者の抵抗力の欠陥に其の主因を置くべきだと思う。」

終戦後の一九五一年、立津政順[2]は、「戦争中の松沢病院入院患者死亡率」と題する統計資料を学会誌に掲載した。図1（立津の論文から作成）からも明らかなように、一九三七年の日中戦争開始とともに入院患者の死亡率が急峻な立ち上がりを見せ、終戦の年には入院患者の死亡率が四〇・九%に達している。当時の医療制度上、自費で医療費を支払える自費患者と、公費ですべてをまかなう公費患者の区別があった。先に触れた内村らの報告にも指摘があるが、一九三六年以降一九四二年までの期間、公費患者の死亡退院は調査期間当初から増加し続けるのに対して、自費患者の死亡退院率は一〇％未満で大きな増加を示していない。ところが、一九四三年以降、自費患者の死亡退院も一〇％を超えて急増し、一九四五年には公費患者の死亡率四一・四％、自費患者の死亡率四〇・四％とその差はほとんどなくなる。

立津は、これらの死亡の大半が広義の栄養失調であったと記している。それ以外に「死因と関係ある諸事情」として、（暖をとるための）燃料の不足、性別（女性患者の方で死亡率が低かった。平均して体格の小さい女性も配給されるカロリーは男性と同じであったため、相対的に女性の栄養が恵まれていたからか）、疾患の種類（進行麻痺で死亡率が高く、分裂病・躁鬱病で低い。精神薄弱と脳炎後精神障害がその中間）などを挙げている。なお、一九四二〜四三年の間に死亡率の明らかな低下がみられる。この理由について立津は、食糧事情の若干の改善があったことと、「死亡者の多く出た後には、抵抗力の比較的強い者が生き残るため」と推察している。一九四一年に実施された米穀配給通帳制によって一時的に配給が安定したこと、以下に述べる院内での食糧自給体制が、一九四〇年ごろからピークを迎えていたことなどが最小限の栄養維持に寄与した可能性もある。

こうした状況下で、松沢病院における開放治療の代名詞であった「作業治療」もその性質を変えていった。一九二五年に加藤普佐次郎[3]によって始められた松沢の作業療法は、閉鎖棟から患者を開放し、屋内外で作業に従事することを通じて、治療効果を上げることを目的としていたが、戦争による食糧難の影響を受けて変質を余儀なくされる。この間の事情を、内村ら[4]は一九四〇年の日本精神神経学会で以下のように報告している。

「我国未曾有の非常時局下にあって、病者であるからとて自由気儘にしておく理由はない」との考えのもとで、患者は畜産や病院敷地の開墾といった切実な労働に動員されるようになった。「精神病院における作業療法は、治療の意味以外に病院の経理にとっても重要であるので数年来一層之が助長に努力してきた」結果、一九三三年には一日平均一六三名（在院患者の一六・三％）であった参加者が、一九三九年には三九八名（三八・二％）、一九四〇年には最高で五三六名の参加を見るに至り、一九三九年度の患者の労働による病院の収益は約六万円になると計算されている。ちなみに、内村らは同じ発表で「牛乳、卵及び豚肉とも病院の需要を満たして略々充分である」旨を述べている。先に触れた一九四二年、四三年の患者死亡率低下にもこうした食糧自給体制が寄与した可能性もある。しかしながら、長期的に見れば、こうした食糧増産も、焼け石に水でしかなかったことは、一九四四年、四五年の患者死亡率急増が示すとおりである。

食糧と同時に燃料の不足も深刻になる。院内での暖房等に事欠いただけでなく、火葬場が、燃料を持参しない遺体の火葬を拒むようになったため、三〇〇体以上の遺体が院内に埋葬された。[5]

また、医局員及び看護手の召集等による人材難も大きな試練であった。後に院長となる江副勉、詫摩武元の両人は東京帝国大学に所属したまま徴兵され、松沢医局員としては猪瀬正が予備軍医となっていた。吉松捷五郎[6]は一九四三年、「進行麻痺患者の配偶者を発端者とせる精神病遺伝負荷調査」を「精神神経学雑誌」に発表した直後に召集され、後にフィリピン近海で戦死した。医師以外にも、多くの男性職員が召集されたり、より景気のよい軍需産業に移ったりしたために男性看護手が不足し、入院患者の中から一〇名、他病院からも一〇名を引き取り、彼らを職員として採用した。看護手を中心とする職員の減少は、看護の内容にも変化をきたし、時に暴力的な対応があったという記録も残されている。

食糧難や召集による人材不足だけでなく、松沢病院は直接のB29の空襲による戦災も受けている。一九四五年（昭和二十年）五月二十五日の大空襲では焼夷弾によって数棟が焼失し、二名の患者が死亡、さらに、この時の受傷が原因で職員一名が死亡した。[7]

戦時下の研究業績

一九一九年から一九五五年の間の研究業績については、前出の『130周年記念業績選集』にまとめられている。この選集の調査対象は、一九一九年から一九六〇年の間に、「神経学雑誌」（〜一九三五年六月）、「精神神経学雑誌」（一九三五年七月〜）に所収された学術論文で、執筆者の所属に松沢病院の名がある論文である。この時の調査によれば、一九一九年から一九二九年の間に発表された論文が二十三篇、一九三〇年から一九三九年の間では四十四篇であるのに対して、一九四〇年から一九四九年の期間は時局を反映して十三篇（このうち、終戦までの六年間に発表されたのは十篇）と減少する。

主な研究業績とその意義については、上掲選集における岡崎祐士の解説に詳しい。ここでは、戦争との関連で注目すべき論文をいくつか挙げておく。第一は、野村章恒[8]による拘禁精神病に関する六九ページに及ぶ大著である。野村によれば、一九二五年から一九三五年の間に松沢病院を退院した三一五〇名のうち、〇・九五%、三十名が拘禁精神病と診断されたという。三十名中二十六名が思想犯罪者、残る四名が一般刑法犯による拘禁後の精神症状発症である。患者数は『治安維持法違反者ニ対スル厳罰主義ノ方針ヲトリタルノト符合』して、一九二九年から一九三一年の間に急増している。野村はこの間の事情について、論文の緒言において、『偶々其頃ハ左翼無産運動ノ興昌期ニシテ、共産党事件ノ最中ニアリ。為ニ同種犯罪者ノ拘禁性精神異常例ヲ多数研究治療スルノ好機会ニアタリタリ』とする。野村は論文中の考察において特に、『第二項　思想犯罪者ノ拘禁性精神異常ノ特徴』をおいて、マルクス主義に対する思想的構えの違いが精神病理に及ぼす影響について論じている。

第二は、戦時下に制定された国民優生法に関連する一連の研究である。これについては、次の項で述べる。

戦時下の優生論と内村祐之

戦争と優生学といえば、ナチスドイツによって行われた精神障害者等の安楽死問題がある。しかしながら、優生学そのものは、元々、イギリスで始まり、アメリカ合衆国で広く法制化された考え方である。

優生学（eugenics）という言葉が最初に登場するのは、一八八三年、英国の遺伝学者の Galton, F による著作である。優生学に学問としての体系を作り上げたのは、Ploetz, A や Schallmayer, W といったドイツの優生学者であった。一方、優生学を最初に広く政策に結びつけたのはアメリカ合衆国で、一九〇七年にインディアナ州で世界初の断種法が制定されたのを皮切りに、一九二三年には三十二の州が断種法を定め、その多くは、精神障害者を断種の対象としていた。

ドイツでは、一九二〇年、刑法学者の Binding, K と精神医学者の Hoche, A による「生きるに値しない命を終わらせるための行為の解禁」（邦訳は、森下直貴、佐野誠：「生きるに値しない命」とは誰のことか――ナチス安楽死思想の原典を読む。窓社、東京、二〇〇一）が発表され、第一次世界大戦後ドイツの厳しい経済情勢下で、重い障害を持つ人の断種や安楽死を肯定する主張が公になった。Hoche は、ナチスの台頭後に大学の公職を追われ、ナチスドイツによる強制断種や安楽死に反対したといわれているが、この著作が、後に、Hitler, A による障害者の強制断種や集団安楽死の根拠とされた。

ナチスドイツが政権を握った一九三三年、Hitler は、断種法を制定し、さらに、一九三九年十月、ポーランド侵攻と時を一にして、後にＴ４作戦と呼ばれるようになる、成人障害者の強制的断種や安楽死を推進する命令を発する。この作戦の責任者であった Brandt, K（ニュルンベルク裁判により絞首刑）は医師であったし、強制断種や安楽死の対象となる障害者の選別に当たっては、複数の医師が関与した。

この命令は、法的根拠なしに障害者やユダヤ人、ロマ人等、彼らが劣等な遺伝を持つと考える人々を抹消するという暴挙であったために、ドイツ国内からも反対が強く、作戦そのものは一九四一年八月に中止されているが、その後も障害者の組織的安楽死は続いた。ナチスドイツの降伏までに殺害された精神障害者は、記録に残るだけで八万名から十万名、実際には、その倍以上の犠牲者があったと推測されている。[9]

日本では、二十世紀初頭に優生学が紹介された。一九三〇年に日本民族衛生学会、一九三八年に厚生省が設立されると、厚生省予防局優生課が『民族優生とは何か』の出版等の優生政策をすすめ、一九四〇年、国民優生法案が帝国議会において可決された。

ドイツをはじめとするヨーロッパ諸国では精神医学者が優生政策を牽引したのに対して、立法当初、わが国では指導的精神科医が、医学的根拠が薄弱であることを指摘して制度の拡大に慎重な姿勢を示した。内村は、[10]この間の事情につき、以下のとおり記している。『印象的だったのは、他の専門領域から出た委員達と違い、精神医学畑の人々が、優生保護法について、終始、消極的、懐疑的の立場をとっていたことである。（中略）生殖可能な精神疾患患者の中から、其の子孫に確かに悪質を遺伝すると確言できる者を、多数選び出すことができるであろうか、（中略）患者を収容すべき精神病院を整備することは後回しにして、こんな方法をとることが、果たして正当な政治であろうか、など、思いをめぐらしたためではあるまいか。』

法案成立の後、東大の吉益脩夫[11]は精神病質犯罪者を対象にした双生児研究を行って、犯罪行為を行った精神病質者の遺伝負因に関する考察を行った。内村ら[12]は、一般人口を対象とした精神疾患の有病率を明らかにするべく、八丈島研究、三宅島研究[13]等を行った。一九四四年に発表された吉松捷五郎[14]、阿部良男[15]、さらに、論文発表は終戦後の一九四九年になるが、立津政順[16]による研究なども優生政策の精神医学的基礎を問う臨床遺伝学的研究であったといえる。

これらの研究結果を総合して、精神疾患の有病率及び遺伝性について、日本とヨーロッパで大きな差異がないということが初めて明らかになった。日本とドイツの内因性精神疾患有病率に差がないというこの時の知見は、内村にこうした精神疾患の本質的な理解に迫る道筋を示し、戦後の精神医学発展の一つの基礎となったといってよい。この時の経験を振り返って、内村[17]は後にこう回想している。

『この結果は一見、何でもないように見えるが、私にとっては実に重要であった。その第一は、外国の研究に頼って出来たわが国の国民優生法ではあるが、わが国の精神疾患の実情が、外国のそれと同じであることが判明した結果、当時の屈辱的な気持ちが幾分とも救われたことである。わが国の立法にも、少なくともナチスドイツのそれと同じだけ学問的根拠があったわけだ。』

第二次世界大戦中・戦後の内村の論述には、断種政策そのものに対する逡巡はない。しかしながら、他方で、この間の内村の論述には、一九四〇年の国民優生法成立前後においては、同法律が厚生省と日本民族衛生学会に主導されたもので、対象の多くを精神的な疾患を持つ人とする政策でありながら、精神医学的根拠や精神科医の役割が考慮されなかったことに対する当時の中心的精神医学者の複雑な思いを垣間見ることができる。この間の議論については、松原洋子[18]において詳細に述べられている。

一九四〇年に国民優生法が可決される前後、厚生省は対象者を把握するために実態調査を行い、一九四一年度の手術申請予定数三〇〇〇件、そのうち、種々の手続きを経て実施される断種手術の件数を一年間に七五〇件と見積もっていた。しかしながら実際に終戦までに実施された手術数は五年間で四五四件に過ぎなかった。しかも手術数は四一年度の九四件、四二年の四八九件、四三年度の一五二件の後、四四年度には十八件、四五年度には一件のみであった。これは、最も対象者が多かったと考えられる精神病院が、戦争による社会・経済情勢の悪化のために、一九四〇年の二万四〇〇〇床から終戦時には四〇〇〇床まで激減していたこと、食糧事情が悪化し、多くの患者が栄養障害のために死亡していたことなどがその理由と考えられている。[19] 松沢病院においても、最初に述べたとおり、非常に多くの患者が栄養障害のために死亡しているが、そうした情勢下で、断種手術の実施状況についてはまとまった記録はない。

おわりに

満州事変から太平洋戦争終結までの期間の松沢病院の状況について、既に刊行されている論文を主たる情報源として報告した。この間、多くの患者が栄養障害で死亡し、若干ながら空襲による戦災死もあった。一方、松沢病院では、この間も多くの研究が遂行された。これらの研究の中には、拘禁精神病を発症した思想犯に関する研究や、精神障害者に対する断種政策に医学的根拠を求めようとしたものなど、戦時下の社会情勢を色濃く反映するものが少なくなかった。

松沢病院は二〇一九年に、現在の場所に移転してから一〇〇周年、開設から一四〇周年を迎える。三十年以上前に始まった古い診療録の整理がようやく終わり、現在、東京府癲狂院として独立する以前の一八七五年（明治八年）から昭和初期までの目録を作り上げた。この論文では、もっぱら、医師によって整理され、まとめられた研究論文や著作を検討の材料とした。しかしながら、診療録の中に記録された患者の言動は、記録した医師の手というフィルターがかかっているとはいえ、研究論文にあるよりはるかに生々しく実態を伝えている。作業療法、インシュリンショック、マラリア療法、電気ショック療法、ロボトミー手術、薬物療法など、様々な治療法がどのように導入され、どのような効果を挙げたのか、さらには精神医療に対する社会の見方、治療者の態度が患者の生活にどのような影響を与えてきたのか、さらには精神医療に対する社会の見方、治療者の態度が患者の生活にどのような影響を与えてきたのかなど、明らかにされるべき課題は多い。二〇一九年を目指して残る診療録の目録を作成すると同時に、そこに記された患者の生活を一つずつ明らかにすることが私たちの使命である。

註

1　内村祐之・古川復一（学会報告）「戦時下の精神病院統計」『精神神経学雑誌』四四（一〇）、一九四〇、八三四－八三五頁

2　立津政順「戦争中の松沢病院入院患者死亡率」『精神神経学雑誌』六〇（五）、一九五一、五九六－六〇五頁

3　加藤普佐次郎「精神病者に対する作業療法並びに開放治療の精神病院に於ける之が実施の意義及び方法」『精神神経学雑誌』二五（七）、一九二五、三七一－四〇三頁

4　内村祐之・菅修（学会報告）「精神病院経理に対する作業療法の役割」『精神神経学雑誌』四五（五）、一九四一、二五二－二五三頁

5　岡田靖雄『私説松沢病院史――1879～1980』岩崎学術出版、一九八一、五二九－五五九頁

6　吉松捷五郎「進行麻痺患者の配偶者を発端者とせる精神病遺伝負荷調査」『精神神経学雑誌』四七（六）、一九四三、二七四－二八一頁

7　岡田靖雄『私説松沢病院史――1879～1980』五二九-五五九頁

8　野村章恒「心因性精神病、殊に拘禁性精神病に関する臨床知見」『精神神経学雑誌』四一（三）、一九三七、一二一－一八九頁

9　木畑和子「第二次世界大戦下のドイツにおける「安楽死」問題」井上茂子・芝健介・矢野久ほか『ドイツ第三帝国と第二次世界大戦』同文館出版、一九八九、二五四頁

10　内村祐之「国民優生法の制定をめぐって」『わが歩みし精神医学の道』みすず書房、一九六八、1939一九六－二一四頁

11　吉益脩夫「精神病質と犯罪――双生児研究よりみたる犯罪者の遺伝素因と環境の意義」『精神神経学雑誌』四五（九）、一九四一、四五五－五三一頁

12　内村祐之・秋元波留夫・菅修ほか「東京府八丈島住民の比較精神医学併びに遺伝病理学的研究」『精神

神経学雑誌』四四（一〇）、一九四〇、七四五－七八二頁

13 内村祐之・林暲・阿部良男ほか「東京府三宅島住民の比較精神医学並びに遺伝病理学的研究」『民族衛生』一〇（一、二）、一九四二、一－九頁

14 吉松捷五郎「進行麻痺患者の配偶者を発端者とせる精神病遺伝負荷調査」『精神神経学雑誌』二七四－二八一頁

15 阿部良男「本邦人における混合精神病の研究」『精神神経学雑誌』四八（三）、一九四四、一三五－一七一頁

16 立津政順「本邦人の精神疾患負荷に関する研究」『精神神経学雑誌』四九（五）、一九四七、七一－七五頁

17 内村祐之「国民優生法の制定をめぐって」『わが歩みし精神医学の道』一九六－二一四頁

18 松原洋子「戦時下の断種法論争――精神科医の国民優生批判」『現代思想』二六（二）、一九九八、二八六－三〇三頁

19 松原洋子「戦時下の断種法論争――精神科医の国民優生批判」『現代思想』二六（二）、一九九八、二八六－三〇三頁

あとがき

これは私の初めて書いた論文であるが、思い出すたび苦いものが込み上げてくる。加担してしまった不正義にぞっとする、という種類の苦さである。

これを書くことになった経緯がある。

ある学会誌で太平洋戦争から七十年の節目に「戦争と精神医学」の特集号を出すことが決まり、そのときの松沢病院の院長のもとに執筆依頼があった。戦時下の松沢病院で行われていた医療について、というテーマだった。

そして院長から当時研修医だった私のもとに、草稿を書いてみないかと話が下りてきたのだった。私が書いた草稿をみて、それを二人の共著論文として投稿する、ということだった。（学会誌のいわゆる依頼論文としては、おおむね一般的な執筆プロセスだっただろうと思う。）

そのときは、それを「名誉なこと」として私は受け取ったのだった。

喜んだのは、医師のキャリアのなかで辺縁的な、端的に言えば「物好きのやること」として考えられている医学史の領域に進むことを、大病院の院長からオーソライズされたような気持ちになったからであった。

学生の頃から、そして研修医になってからも、機会のあるたびに私は医療史の研究会に参加していたし、細々と資料収集もしていた。ただ裕福な実家があるわけでもない私は、臨床医としての給与を得られないフィールドを本職にはできないことを分かっていた。だから短いとはいえ初めての論文を医学史について書けることは、すこし大袈裟に言えば、私にとって天から降ってきたような話であった。

——病院とはいえ、松沢は前身の癲狂院時代からずっと帝国大学精神病学教室（現東京大学医学部精神医学講座）の医局として機能しており、すなわち日本の精神科医療の教育および実践の中心地であった。

字数制限のなかでこの全体像を捉えるために、草稿のなかで私は二つの視点を設定した。一つは戦時中の入退院患者の増減、実質的には、院内餓死の発生数について。そしてもう一つ、行政と精神病院が一体となって行った、精神障害者への強制的断種手術についてである。

この断種手術の法制化と実施について、医学界には一部に慎重派もいたものの、しかし推進の旗振り役であったのもまた、政府と一体になった東京大学の精神科医たちであった。

私の用意した草稿はこの両側面に触れるものだった。断種手術の法制化に向けて運動していた医師たちの名前も当然そこには記されていた。

そして、その原稿を院長に渡してからしばらくして、〈まだ存命の御家族がいるかもしれないので〉と一部記述を削除した旨を伝えるメールが届いた。そして改変された原稿は、もう既に学会誌に送付されていたのだった。

苦いものと書いたのは、彼を批難したい感情のことではない。不思議にそういう気持ちは、自然的にはもうほとんど湧いてこない。苦く感じるのは、権力をもった人物一般にみられるそのタイプの行動について、当時の自分がまったく無知で、要するに幼稚で純朴だったことに対してである。

数年が経って、その頃にはもう私は松沢を離れていたけれども、二〇一八年に毎日新聞のスクープという形で、戦前から一九八〇年代に至るまで、国と精神科医によって不妊手術がきわめて多くの患者に強制されていたことが知られるようになった。

報道の後になって松沢病院は「優生手術実施報告書がみつかった」と発表した。報道のあるまでまったく知らなかった、これから鋭意調査する、というような記者会見の様子でなかったことを願いたいが――。

自分の幼稚であったことは罪を濯ぐものではない。少なくとも、公表された形でのあの論文内で私は、語らないことに加担した一人である。あるいは、もし新聞社による報道がもう少しでも躊躇いがちなものであったならどうだろうか。東京大学とつよく結びついた、しかも行政と一体となった都立病院の側は、自分たちが何も知らないイノセントな存在であったことの証左として、あの論文を挙げていたかもしれないとも思う。

寸詰まりで不格好になった論文を思い出し、言い訳じみた後書きをつけてこうして再録するとき、すべて無かったことにできたらと思ってしまう。でもそういうことをやるべきではない。

登戸刺傷事件についての覚書き

はじめに

凄惨な事件からやっと半年が経って、もちろん被害者の苦しみは消えないままであるにしても、医療者の立場から振り返るべき時期にあると考えて、この文章を投稿します。私は事件現場から一番近いところの病院に勤める精神科医です。心的外傷についての定量的な報告はこれから別に公表されるはずですので、ここでは触れません。また、一人ひとりの患者さんのことは書けないので、私自身の眼に映った出来事をそのまま記すにとどめておこうと思います。タイトルを「覚書き」としたのは、そのような意図からです。

Ⅰ　事件の概要

事件が起きたのは、二〇一九年五月二八日午前八時ころです。包丁を持った男性が、カリタス学園に向かうスクール・バスを待つ小学生の集団を襲い、およそ二〇人が切り付けられました。その場で児童が一人と、保護者が一人なくなっています。また、加害者も直後に自刃しています。(『読売新聞』、二〇一九年五月二八日夕刊)

背景的な情報を付け加えると、事件現場は登戸駅のすぐ近く、新宿駅からおよそ一五分のところにあります。総武線と小田急線が交叉するところです。バス停は駅出口から少しだけ離れていますが、それでも朝の通勤時間帯でありますし、交通量も人通りもかなり多かったはずです。また、被害者が小学生であったというのも、この事件の特殊性の一つです。この子どもたちはかなり広い範囲から通学してきていて、比較的に裕福な家庭の子女でした。

II 当日のこと

バス停のすぐ目の前には内科クリニックがあって、そこの先生たちが救急処置と消防隊への通報をしてくれました。私の勤務する総合病院が現場から五〇〇メートルほどのところ、現場からも一本道で目視できる位置にありましたので、救急隊によるトリアージの後、すぐに患者さんが運ばれてきました。トリアージレベル赤以上の判定となった方は、救急車で二〇分ほどの大学病院を含めた複数の三次救急施設に搬送されました（当たり前のようですが、当日に運ばれてきたのは身体を傷つけられた子どもたちだけです。このことに私が気づいたのは相当後になってからのことでした。事件を間近に見ていた子どもたちは、物理的な損傷がなければ一旦は学校に向かった後にただ帰宅するほかなく、そのまま強い混乱の中で時を過ごしていたのです）。

搬送されてきた子どもたちは、心理的に虚脱状態であったために私が入院判断をしたケースもありましたが、ほとんどはそれ以前に外科的必要性からの緊急入院でした。身体の損傷がごく軽度で、かつ両親の到着が早く、（親子共に）情緒的な混乱がひとまず軽いと判断した場合には、翌日以降の再受診の手配をしてから帰宅判断としたところもあります。理想を言えば全員を入院として、保護的な環境のもと心的外傷後早期の麻痺症状ではないかと経過観察するべきであったかもしれませんが、そのために必要な人的・物的資源が望める状態にはとてもありませんでした。

入院病棟についてはすべて小児科病棟として、受け持ちについては主科を整形外科、そこに精神科を含めて他科がサポートに入るという変則的な対応としました。あまりに大変な事件でしたから、看護の面からやはり小児科病棟で受け入れるべきだろうという判断です。これは小児科病棟の看護師側からの申し出であり、入院後には診療科同士の意見調整に多少時間がかかることはあったにせよ、児童の心理的ケアという面からは看護師側の素晴らしい判断だったと感じています。

この一連の判断をしている間、順次到着してくる親たちには、一度児童の様子を確認してもらってから救急室待合にまとまって待機してもらいました。両親だけでなく親類まで次々と病院にやってくる状態で、救急室の空間的な制限から全員を付き添わせることは不可能でした。これは苦肉の策でしたが、親同士でお互いを励まし合えるという思わぬ効果もあったようです。全員をひとまず救急室には収容できていたので「我が子を先に」という競争の生じなかったことが良かったのかもしれません。数時間のうちに、家族同士の情報共有のための LINE グループができていました。また、情況の説明を、一家族ずつ呼び出すのではなくて、ある程度全体にまとまってアナウンスできたのも大切な時間資源の節約につながりました。もっともそのときには、「一体何が起きたのか、私たちも報道されている以上のことは何も分からない」「パニックになるのは当然のことだと思います、ただ医療者はいま子どもたちのケアに全力を尽くしているので、もうすこしだけ時間をください」「新しく分かったことがあれば必ずお伝えします」という程度のことしか伝えることはできませんでしたけれども。

この時点で、マスメディアでは事件の報道が始まり、医療者も事件の経過を知るためにラジオを流し、あるいは机に置いたスマートフォンを視野に入れながら仕事をしていました。病院の外の状況、つまりこれ以上さらに被害者がやってくるのかとか、あるいは転送先となりそうな他の病院はどれだけ余力がありそうかということが、報道を介してしか手に入りませんでした。幸運だったとしか言えないのですが、近隣に中規模の医療機関が複数あったこと、しかも病院の「系列」(連携している三次救急施設を有する大学病院)が違ったので、一カ所に患者が集まって高次医療機関がパンクすることはなさそうだと分かり、安堵したことを覚えています。

そのうち、報道機関のクルーが病院にやってくるようになりました。最悪の場合として想定したような、病院の中に入ってきて診療の妨害となるようなことはありませんでしたから、この点では良く対応をしていただけたと感謝しています。病院としても、対応窓口を事務部門にかなり早い段階で統一しました。すでに述べたように、こちらから新しい情報が何か提供できるというような状態にはありませんでしたし、あったとしてもその情報をまとめて事務部門に渡すことなどとてもできる状態にはありませんでしたが、「外部からの問い合わせの応対は事務部門に任せる」という共通認識をつくれたことは、医療者の心理的負担感をかなり減らしました。

ただ、待ち構えているというわけでもないのでしょうが、病院の外には撮影用機材を持った人たちが大勢いましたので、この中を通って子どもたちを帰すわけにはいかないだろうとの懸念がありました。これについては、事件発生から五時間程度でしょうか、ひとまずの現状報告を病院長からメディアに向けて会見するということを伝えて、マスコミ関係者が病院の大会議室に集合したのを確認して、そのタイミングで軽症の子どもたちを（付き添いの家族と一緒に）一斉に帰宅させることとしました。

その後、午後五時近くだったと思いますが、外科手術を終えて子どもたちが病棟に上がってきました。麻酔が覚めるまでの間、両親からは子どもたちの生活歴について最低限の情報だけを聞き出しておきました。麻酔が覚めてからは、子どもたちと一緒に改めて、「病院は安全であること」「今晩はとにかくゆっくり休んでほしいこと」「明日の朝一番に必ず自分がやってきて話を聞くから、それまでは心配なことがあれば看護師に相談すること」だけを伝えて、ひとまずさよならと言いました。

Ⅲ　第二波（事件発生から、二週間くらいまで）

私個人の視点からは、この事件にはいくつかのフェーズがありました。被害児童の心理的サポートはもちろん通奏低音としてずっと続いているのですが、それ以外の「やらなくてはいけないこと」が次々と切り替わっていったのです。振り返れば、事件発生の翌日から二週間くらいの期間が「第二波」だったでしょうか。課題となったのは、被害児の後方移送、感染症への対応、そして警察対応でした。

まず後方移送についてです。私の勤める病院に精神科医は私一人で、常勤の心理師もいません。被害児童とその両親のケアを行いながら、それと並行して一般外来やそれ以外のリエゾン診療をすべてこなすことが不可能なのは明らかでした。この点については、事件発生の翌日、大学病院から連絡が来て、状況がおおむね落ち着き次第すべて患者を受け入れるつもりであるとのことでした。私にとってみればこれは僥倖でしたが、しかし各診療科のドクターやナースがみな顔見知りである中規模病院と違って、大学病院に患者を移送するとなるといろいろな困難もあります。子どもたちを小児科病棟に送るのか、精神科の（つまり閉鎖の）病棟に送るのか、担当する看護チームや主治医をどうやって決めるのか、といった事柄です。

これについては、私自身はとにかく要求された情報を送り続けることしかできなかったので、診療情報提供書をすぐに作成して FAX で送り、大学から問い合わせの電話がくればやはり手を止めて真っ先に応対するということを繰り返すほかありませんでした。当初の予定では一週間程度で治療の場を移す予定でしたが、この調整が遅れたこと、また環境が変わることへの家族の不安などもあって、転院となったのは結局事件発生から二週間後でした。このことには功罪両方あって、良い部分を挙げるとすれば、むしろこの行きつ戻りつの過程があったからこそ、家族の側としても「みんなに」ケアをされている感覚を受け取ることができたともいえるかもしれません。

個人的には、すべての中規模病院に心理師が少なくとも一人は常勤しているようなシステムがあれば、必ずしも高次病院に対応をお願いするような事態にはならなかっただろうと思います。今後、災害対応という側面から見ても、一定規模の病床数に対しては心理専門職の配置を義務付けるような体制が必要だろうと考えました。

もう一つ大変な事態となったのが、感染症です。これは私たちにとっての盲点でした。複数人が一つの包丁で切り付けられたので、血液感染の有無が問題となったのです。実際の状況についてここで仔細に書くことはできないのですが、たとえば被害者のうちに一人でも血液感染する感染症の保因者がいれば、理屈の上では、全員が感染したリスクのあることになります（切り付けられた順番はおくとして）。そこで、被害者のうちに血液感染リスクのある病気を持っていた人はいなかったのかとか、あるいは仮にいたとして、それが自分の子どもたちに感染していることはないのか、といった不安が家族の側から噴出しました。

全体像を複雑にするのが、被害者の誰々がどんな感染症を持っていた／持っていないとか、あるいはそのそれぞれについて感染性がある／ないということが、きわめて重要度の高い個人情報であって、同じ被害者と言えども簡単に伝えることができないものであったことです。そしてその一方で、医療者であればこの種の災害では当然のこととして、すこしでもリスクがある限り、感染症検査をしなくてはなりません。早期であれば治療の可能なこともあるためです。

多くの疾患や災害時医療についてガイドラインが整備されている現代にありながら、多数傷病者発生時の感染症情報の取扱い規約が存在していないことは驚きでした。多人数が血液曝露されるような事故は、今回のような殺人事件に限らず、自然災害や交通事故でも起こりうるものです。あれもこれもとガイドラインを求めるのは良くないことですが、しかし一方で、複数の原理原則が衝突することが事前に分かっているようなとき、あるいはそれが実際に起きたときに個別に議論できる時間的余裕がないと見込まれるならば、やはり公的なガイドラインが必要です。今後、なるべく早くに関連学会からの提言が出されることを期待します。

第二波の最後のトピックが、警察対応です。事件の翌日から、病棟には警察から接触がありました。明日病棟に伺う、と。しかし児童も親も重い心的外傷の直後であり、心理的安全の保障が第一の責務である医療者として、筋骨隆々の刑事が病棟に入ってくるような事態は絶対に避ける必要がありました。そこで看護師長を含めて、もし来るようなことがあっても、まずは病棟には入れないで、とにかく一旦は医者に連絡するようにと伝えました。警察が来訪を告げてきたことで、病棟の看護師には、つまり病棟全体に、ぴりぴりした気配が生まれてしまいました。

実際には翌日、拍子抜けしたのですが、警察関係者が病棟に入ってくることはありませんでした。病棟の外で、警察組織内の被害者支援担当者が被害者両親に紹介されたことと、トラブルのときに相談できる弁護士事務所が案内されただけでした。加害者が既に亡くなっているという今回の事件の特殊性も関係しているのかもしれませんが、ひとまずのところ警察関係者には常識的な対応をしていただけたものと思います。

さらに良くするためには、訪問する旨の電話をするときには、何人で来るのか、何を目的にしてくるのかといったことを連絡する側からきちんと伝えていただくことでしょうか。逆に、そのような大切な事項の伝達がないときには、私たち医療者側から質問するということも必要なのかもしれません。

Ⅳ　第三波（一カ月程度くらいまで）

「いまにして思えば」ということなのですが、心的外傷のひだのようなものは、この頃にやっと私の目に映るようになりました。一度は大学病院に移った子どもたちが、退院して地域でのフォローアップに移った時期です。私自身が精神科医として平時の落ち着き（aloofness?）をやっと取り戻せたというのもあります。この頃になると家族内にかなり微妙ですが一種の利害関係が出てくるようになります。つまり子どもがいつまで学校を休むかとか、両親のどちらが送り迎えをするかといったことで、家族内で意見の不一致が出てくるようになります。

一カ月もすると、いつの間にかテレビで事件の報道はほとんどなくなり、学校とか医療体制（私自身も含めて）は「通常営業」に戻っていますから、それに自分たち家族だけが取り残されたような、悪性の焦りが、不和を生んでいたのは明らかでした。家族ごとの複雑な力動のなかで、心的外傷の治癒過程は一人ひとりに独特なものとなっていきました。

もう一つ、この時期の大切な問題があります。さきに述べた「身体的な加害」を受けていなかった子どもたち、あるいはその親がぽつぽつと病院にやってくるようになったことです。「一カ月経ってやってきた」というのはあくまでも病院にいる精神科医の視点での描写です。やってきた人たちに話を聞くと、むしろ事件直後から援助希求はあったのでした。しかし当日には血を流した子どもたちが救急車で運ばれた後には行けるところもなく、学校は休校になり、教職員も行政も入院になった子どもたちや、その周辺の事柄で手一杯でした。「二〇人が負傷」という記事見出しから想像されるものがその典型でしょう。バス停におそらくはその倍以上の子どもたちがいたはずで、間違いなく全員が一部始終を目撃しているはずですが、言葉の上では、目撃したことの心的外傷はなかったことにされてしまうのです。

「ぽつぽつ」になったのは、たとえば病院に受診しようと思っても、救急で運ばれたわけではありませんから、通常の初診予約のフローとなって、一カ月の待ち期間となってしまっていたことも原因の一つでした。あるいはたまたま空いていた近医の精神科クリニックを受診しても、そこでＰＴＳＤは専門機関でないと治療できないとかと言われて、遠いところに出向いているうちにファースト・タッチが遅れたりしていました。自覚そのものの遅れもあって、子どもが学校に行くようになって初めて、親が自分の不調に気付くようなこともありました。

正直なところ、事件後早期に関係者全員をスクリーニングするだけの余裕が医療機関にあったかと言われれば、ありませんでした。あるいはパート・タイムで臨時雇用された心理師をその中間に挟んだとしても、大量のクライエントを前にして半構造化された小面接をやるだけだとしたら、やはり大量の「疑い患者」が発生するだけで状況はほとんど変わらないでしょう。警察の被害者支援センターが中心となって地域の精神科診療所に割り当てるとしても、児童精神や賠償心理などの難しい問題を診ることは地域のクリニックでは忌避されることでしょう。多人数を短時間でみる前提で動いている保険診療のシステムと少人数をゆっくり見ていく市中の心理オフィスが、互いを補えるような関係になれば理想的ですが、そのような連携はできなかったというのが実情でした。

Ⅴ　これからのこと

これからのことと言っても、将来に何が起きるかは分かりません。いま現在、病院の診察室からみて課題になりそうなことを挙げるにとどめておきます。一つには、「父親」の問題です。半年が経つまでは、被害者の父親は治療場面の前面に出てくることがありませんでした。男性性の心理がどうこうというよりは、この特定の被害集団において父親に与えられていた社会的役割のためだと思います。まだ家族に混乱が残っているうちから、父親にはもとの機能に早く復帰するようにとの圧力が強く働いていました。あえてステレオタイプに言えば、早朝に出勤して、残業して帰ってくるというようなことです。共働き家庭では母親にもその圧力はもちろん働いていたでしょうが、実際問題として、父母が同じ期間だけ仕事を休むというようなことは起きませんでした。子どもの付添いという形で曲がりなりにも医療者とかかわりを持てていた母親に比べて、時にはまったく心理的なケアを受けないまま、なにごともなかったかのように元の生活に戻ることを期待された父親の精神的失調は、かなり長い時間が経つまで表面に浮かび上がってこれなかったような印象を受けます。接していても、どこに向けることもできない aggression、つまり「憤り」が母親たちに比べて強いように思われましたが、このことと父のジェンダー・ロールの結びつきはかなり錯綜しているようです。

もう一つはやはり、慢性化した外傷後ストレス障害を呈しているひとたちのケアです。すでに治療構造の中にありながらそれでも回復できないひともいれば、一年二年たってから初めて病院にやってくるひともいることでしょう。川崎の事件とその後の経過からはっきりと学ばれたことは、苦しんでいるひとに第一線で接するのは必ずしも精神科医や心理師ではないということです。私たちは自分たちが最前線に立っているような感覚を持ちがちですが、しかし本当の端緒となるやりとりは、たとえば新患予約担当の事務職員との間で起きるかもしれませんし、救急室の看護師とか、あるいは保護者会の集まりで起きるかもしれないのです。どこが第一線になるのか、そこでどのような相互作用があるのかというようなことまで見越して、私たち心理援助に携わる人間はケアを計画していかなくてはならないのだろうと思います。

参考文献

「通り魔18人刺す」『読売新聞』、二〇一九年五月二八日夕刊、一頁

あとがき

この論文に何かを付け加えることは難しい。最後にあるように、必要性があって発表したものだが、そもそも書き始めるまでにかなり時間がたっている。被害児の傷を前にして、まさか自分も苦しかったなどというつもりはないが、それでも言葉にならず、途方に暮れていた。

半年経ったころ、近くで心理オフィスを開業されている元同僚の岩倉拓先生、木下直紀先生と新宿で会うことがあり、それぞれの診ている「余波」についてぽつりぽつりと言葉になり、その数時間があってやっと、次の日に、まとまった文章になったのだった。事件があったのが五月二十八日で、いま記録を見返すと、第一稿を書いたのが十一月七日である。

普通があるわけではないけれども、やはり特殊な事件だったと言うほかない。被害者の数は附属池田小事件と並んで、最悪の規模であった。一方で、加害者が直後に自死したこともあって、多くの人が、裁判経過を見聞きする形で記憶を重ねていくことがなかった。二年経って、精神科医の集まる学会で話をしていたとき、被害者支援を専門にする人たちさえ事件を忘れているらしいと気づいて驚いたのを覚えている。

センシティブな内容も含む文章であって、投稿までに複数人にチェックしてもらった。中立的な立場から、掲載誌の編集者もゲラに赤字を入れている。それでも事件現場をあらわすところに基本的な誤植があって、それが誰の目の校正もすり抜けて活字になってしまったところに、今でも気味の悪い感触がある。

『もう死んでいる十二人の女たちと』／
『不安――ペナルティキックを受けるゴールキーパーの…』

僕が生まれたのは新潟の小さな港町で、そこには原子力発電所が建てられている。喫茶店をやっている母の住む実家から一〇㎞と離れていない。

もし地震があれば――というか、二〇〇七年の中越沖地震では実際にそこから煙が上がったのだけれど――浪江町とか双葉町みたいに帰還困難地域になるだろうと思いながら、そこでは皆が暮らしている。都会まで、人間なら二回は乗り換えしないと行けない田舎だが、太い黒い送電線は直通である。

そういうところに育って、いまは医者になって臨床と少しの翻訳業をやっている。名前が売れたと判断されたのか知らないが、原発の運営会社もきっと会員であるだろう経団連から、自分たちの機関誌にエッセイを書いてくれと依頼があり、大した面の皮だよと思いながら「自分の手足を使って働け」というようなことを書いて送ったところ、編集長の器が大きいのか、あるいは単に原稿を読んでいないのか、そのまま掲載されるという珍事が以前あった。

現実におきた事々を書き連ねるだけでは小説にならないのは、多分このタイプのおかしさ（多義的な言葉だ）が実世界にはあるからだろう。まとまりのない感じがする。

その点で私たちはフィクションを手放せないでいる。パク・ソルメが事故の描写について時制《テンス》を決められないと書いたのも、そういうことだろうと思う。福島で原発が爆発して、その翌年には韓国でも古里原発が全電源喪失となり、その状況のなかに暮らしているとき、「世界中の日本料理店が博物館になっていたかもしれない二〇一一年以降の世界」をただ仮定法の枠内でだけ書いていいのかどうか。未来形ならいいのかという話でもなし。

◆

去年は日本で大きな地震があった。それは去年のことで、だから過去の時制を使うことは使うけれど、過去時制を使ってみると何かがバッと首に巻きついてくるような感じがする。(「私たちは毎日午後に」)

道徳的悪事は大半、特にそれが大規模であるほど仕事の一環として、つまりただ命令の作用として現れるわけで、多層的というよりも漠々としている。

地震の多い国に原子力発電所を建てて、必然それが爆発して、国土の一部が、もと住んでいた人たちが移住を強いられたという意味で失われたとき、そのことは〈良い作用もあった〉とか〈それで食ってる人もいる〉とかの文言によって飲み下されるものではない。有限責任をもつ会社役員が何人いるかというのでなくて、建設したことがそもそも、生まれた土地から誰かを引き剥がす行為であったし、つまり反道徳的だったのではないか。

◆

だから短編「そのとき俺が何て言ったか」のなかで、カラオケ・ルームで女子高生を一人一人と殺していく殺人者が『ゴールキーパーの不安』のブロッホみたいに平板化されていることについて、どうしてこの人物が気持ち悪いのかと改めて問われると、ただ動機が不明であるからという以上の問題が浮かぶ。

みんな黙っていて、その後で振り向いて聞くんだ。何で？ってな。何でだと聞くんだよ。何で？　何でそんなことをする？　何でそんなことを言うんだ？　何でそんな行動をするんだ？　お前もそう言っただろ。違うとは言えないはずだよ。お前は泣きながら全身で俺に聞いてた、何で私をここに置いておくんですか？　…　そんなとき俺がなんて言うかわかるか？（「そのとき俺が何て言ったか」）

観客はフォワードの動きばかり見る
—彼が目指しているのはゴールなのに
—キーパーをみれば全て変わる
—前後左右に走り、ディフェンダーを動かしている
—でも注目されるのは点を奪われるときだけ
—滑稽だよ、キーパーは。（『ゴールキーパーの不安』）

下手人が、何についてどの程度まで悪かったのか、どうすれば責任をとったことになるか、そういう分節化された理解ができないとき、不気味なものを私たちは感じる。

ペナルティ・キックを観るときの居心地の悪さと近いかもしれない。反則を犯したのは他の選手であるのに、キーパーは一人でそれを背負わされて、スタジアムを埋めた観衆の視線を一身に引き受けて負け戦に駆り出される。咎なくて死す、みたいな。これは一体誰に対するペナルティだろうか。反則した人間はそれで回心するのだろうか。

私はむしろ、韓国水力原子力公社を爆破して、そこの幹部たちを拉致して人質劇をくり広げるようなありえない映画をみたかった。幹部の頭一つに原子炉を一つずつ賭けて一時間対峙するとか、そんな映画。人質の家の庭にウラニウムを埋めちゃって、ねまき姿のその人を核廃棄物処理作業員として働かせるような映画。

「私たちは毎日午後に」からここに引用した小説の各部分は、それ自体が書評であると思う。独得の鋭さのある短編集だった。

参考文献

パク・ソルメ『もう死んでいる十二人の女たちと』斎藤真理子訳、白水社、二〇二一
映画『ゴールキーパーの不安』ヴィム・ヴェンダース監督、ペーター・ハントケ原作

あとがき

初めて書いた書評。(同じ欄の隣に載っていた高島鈴さんの書評をみて、あらすじを紹介する何か暗黙のルールでもあるのかと思って、図書館で何号か遡ってみたら、そうだった。)

エッセイでもなく評論文でもなくどうして小説でないといけないかについての私見というつもりで書き始めたものの、人様のやっていることに偉そうなことを言いたくない気持ちが勝って、じゃあ自分は一体どういう人間でどういう気分というか moodでこの短編集を読んだのかというところから書き出すことになった。

その、もともとの目論見であったもの、どうして他でもなく小説なのかという点について、『行動者の想像力』を思い出しながら(あるいは、そのとき偶々その本を読んでいたのかもしれない、細かいニュアンスまで、そんな何年も前に読んだ文章について覚えているはずもないから)書評には「了見」とタイトルをつけて編集者に送ったが、しばらくしてからこの題の意図は何かと問い合わせがあり、しかし折悪しく京都から引っ越したばかりでパソコンもなく、季刊誌の校了日を考えるとおそらく早めに返信する必要があって、けれどもスマートフォンで打ち返せるような話でもなかったので、それで結局、たしか富ヶ谷の喫茶店で官製ハガキに急いで右に書いたようなことを丸め込んで投函したのを覚えている。

ペンをとった理由

精神科医をやっていると、来歴の複雑な人たちと真向いになる。シンプルな人生があるだろうかとも思うが、比べればより穏やかな人生を送る人もあるし、より苦しい人生である人もいる。

その人と向かい合って、聞いたものに多少の解釈をしながら問い返して、その反応をみながら、何が分岐点であったかと考える。思いがけず「あれがあったおかげで」が掘り出されてくることもあるし、「あれさえなければ」が浮かび上がってくることもある。世にある良いことも悪いことも、数の上ではおそらく変わらないのだろうけれども、診察室には困り果てた人ばかりやって来るから、私のみる範囲では「あれさえなければ」の方が目立つ。

〈生まれ〉について批難されることもそのうちの一つである。それらしくないと言われて、たとえば皮膚や髪の色や顔の造作だけでなくて、たとえば親の国籍だとか本人自身とは関係のないことまで攻撃される。らしさというのはいつも偶像ないしシンボリックなものに過ぎないので、それを言う側に首尾一貫した態度はない。いきおい相手は風見鶏になる。

しかし私たちは自分自身の姿を、他人を鏡として察知するものであるから、目に見えない性質について周りから言われることがあれば、半ば以上かれらが不合理であると感づきながらも、その口調とかボキャブラリーを取り込んでしまって自分自身に向けるようになっていく。

◆

レイシズムとは、エスニック・グループに劣っているものと優れているものがあるというドグマである。

一九四〇年に書かれた『レイシズム』（ルース・ベネディクト著）の一節を訳していたとき、する側の動機について書いた一文が、される側の心情を表しているものに思えてならなかった。思春期前後によくあるタイプの内面化である。少数者の側に生まれついた子供はしばしば優れているとか劣っているとかを気にする。

皮肉なことに、子供たちはこの時期、それまで経験したことのないような声をかけられるようになるものだ。「ずるい」とか「得してる」だとか。あるいはセックスと結びつけられることも多い。異性にもてるだろうとか、大人たちからは発育がどうこうとかの話。まだ友情さえ知ったばかりの年齢であるのに。

◆

この著者はルース・フルトンとして一八八七年にニューヨーク州北部シェナンゴ郡で生まれた。大都市は好景気に浮かれていた「金メッキ時代」であるが、都会から遠く離れた寒村は取りのこされて寂れていた。外科医の父と厳しい母との間に生まれた娘。父親はその後すぐに亡くなる。

この娘が同性愛を自覚したのはいつ頃だっただろうか。戦前のアメリカであれば性指向は隠されていることが多いから、周りからはやし立てられるような体験となりがちな身体的特徴の云々とは違っていただろう。比較するものでもないが、しかしその分だけ内面化は深いところで起きたのではないかと思う。二十七歳のときベネディクト反応に名を残す高名な生化学者と結婚して、生活はすぐに破綻する。彼女は北米先住民族のフィールドワークに没頭して優れた業績を残すも、大学では正規のポストが得られなかった。管理当局は女性を教授とすることに抵抗した。同性愛嫌悪の著しかった当時、名の知れたマーガレット・ミードとの交わりも隠されていた。

◆

この頃に書かれた小著『レイシズム』では、人類にある異質性の嫌悪《ヘテロフォビア》が聖書時代までさかのぼって考察されている。排斥する心理がどのように現実化されたか、ローマ時代、中世封建制、そして大航海時代から近現代までその変遷が描かれる。

こういうことの歴史を、わざわざ取り上げなくてもよいもの、考えても仕方ないものと言えるのはおそらく幸せなことだろう。気にしないでいられるのは、それに脅かされたことがないからである。

排除されたことの印象は、考えて理解されるものではなくて、思いがけず熱いものを触って手を引っ込めるときのような、まず第一に反応である。生理的な反応が先にあって、熱源について考えたり「そういえばそんな兆候もあった」と気付くのは後々のことだ。言葉にならないもの、指先に触れた感覚は、いつまでも生々しく覚えておくことが難しくて、後付けされた理屈とか後悔だけずっと残る。言葉になるのはこの後付けされた部分である。

もっとも、ベネディクトが差別をめぐる政治の場に立ち入るまでの経緯はそう個人的でもない。『菊と刀』を始めとして一九四〇年代以降の、つまりベネディクトがアカデミアに見切りをつけた後にした調査や著述はアメリカ軍の援助なしにあり得なかったし、『レイシズム』にしても、出自に関わりなく国民全体を動員するための合衆国政府のプロパガンダであった面は否定できない。――それでいながら、軍隊をはじめとした体系化ないし正当化された暴力こそ差別の旗振り役であると彼女は繰り返している。

この複雑なところ、一つに割り切れないで、行きつ戻りつの痕跡のあるところが、訳者としては一番に興味を惹かれる点であった。明後日に何か前向きな変化を望んだ文章を読むとき、そこに二つ折りにされた心情を見つけると、私はどこか心強いような印象を受けとる。

あとがき

海外にルーツのある人、特に中高生くらいの子供が、体つきとか運動能力についてナショナリスティックな好奇の眼差しに晒されているらしいと、二〇一八年ころから感じるようになった。それまでは「ハーフ顔メイク」とかの流行り言葉があったように、どちらかといえば顔貌について注目されていたのだったから、オリンピックが近くなるにつれて、彼らに投影されたイメージが変わっていったことになる。大勢にとっては流行の変遷に過ぎないことでも、若い当事者にとっては波乱である。

その頃、そういうレイシズムとか「人種」だとかの問題について議論の土台になるような日本語の本がなかった。短くて良質な本が必要であること、そのためには、この言葉を広めた学者であり、『菊と刀』によって知られてもいるベネディクトの小著を翻訳出版するのが良いのではないかと、出版社にメッセージを送ったところ、プレゼンテーションする機会を作っていただき、それから二週間ほど経って、前向きに進めましょうと返事が届いた。

いきなりの提案をよく編集部が聞いてくれたものだと思う。もちろん自分としては、その必要があることを、時事的な出来事、海外の動向、職業上の体験を交えて伝えたのだけれど、私自身についていえばその時点でまだ訳書を出したこともなかったし、彼らからすれば、どこの馬の骨とも分からない人間の言うことであったはずだ。

講談社学術文庫の一冊として出たその本は、時宜を得たとみられたのか書評でも好意的に取り上げられて、たくさん刷られて、そして全国の本屋に置いてある、という状態になった。出版社はただビジネスをやっているだけだが、〈いま必要である〉ものが、企業をそうと納得させさせられれば、大量に複製されて津々浦々に配られていくことは、心強い仕組みの一つであると思う。

『精神病理学私記』について

『精神病理学私記』は一九二九年から三三年の間に執筆されている。「ジャズ・エイジ」のアメリカ黄金時代に始まり、そしてニューヨーク大恐慌の嵐のなかに終わったことになる。このときに著者サリヴァンはまだ四十一歳だが、この本のほかに生前に完成した著作はない。

アメリカ内務省での講演録である『現代精神医学の概念』が広く読まれたのに対して、『私記』は著者の没後も長く出版されずにいた。世界恐慌、第二次大戦、そしてその後のマッカーシズムの時代に反動化したアメリカにおいて、この本はあまりにもラディカルな、つまりは危険図書として扱われた。サリヴァンのいう現代精神医学とは、心理学のロマン主義が終わって、治療者が行政的なものと緊張した関係に入ってからを指している。顔のみえない相手までを対象にするようになってから、と言い換えることもできるだろうか。

表面的なレベルでは、彼の主張したことは受け入れられた。しかしその基礎にあったもの、宗教とか伝統の名を借りた抑圧や、移民や同性愛者に対する憧憬と恐怖の混ざった眼差しを、同時代の人間は正視することができなかった。一九七〇年代以降にサリヴァンの再評価が行われるけれども、未だに同じような感傷を抱えて目を背けているひともいる。

　サリヴァンの関心の焦点は、病者のする体験の一つひとつがどのような社会的現実に立脚しているかにあった。だから症候学について述べる代わりに、たとえば東海岸の性風俗が取り上げられる。あるいは禁酒法の時代に少年たちがどうやって互いに触れ合ったかが語られる。映画館でみた女優に恋をすることの意味と、夫に失望した母親を持つことの余波が描かれる。読者は繰り返し「以下の文献を参照するように」と指示を受ける。そのとき提示されるのは多くが社会学、特に貧困スラムのモノグラフや南洋諸島の民俗誌である。

　彼にとって精神医学の基礎は、生々しい具体的な機微にあった。後年、病棟での実践を「社会科学の基礎データとなるもの」とも言っている。都市生態や民俗が折り重なって、あるいは降り積もるようにして人間の成長とその破綻が修飾されていくと考えていたのだろう。この点で、「症状」の記述分類によって自然科学を志向したドイツ精神病理学や、あるいは文学的になっていった精神分析運動とは、その出発点も、そして走り出した方向もかなり違っていたことになる。

　この本の記述には、著者自身の生活歴が折り畳まれるように潜り込んでいる。しかし自叙伝というのでもなく、「聞き書き」のような突き放した感じがあるのはなぜだろうか。伝記は一面では歴史に通じるけれど、しかし個人に関する事実を並べただけでは科学にはならない。どこかで架空の話《フィクション》にする必要がある。サリヴァンは、自分自身の人生を題材にして精神医学の教科書を編むという壮大な計画を立てた。誇大妄想のようだが、この学問の宿命でもある。同時代を生きた人間は彼を煙たがったのではないか。観察の鋭い人間が他人に好かれることは少ない。社会を構成している側の病理について、そういう描き方を一人の精神科医が完成させたのは不思議なことだと思う。

◆

記録をみる限り、サリヴァンの著作は一九六〇年代には本邦でも広く輪読会が行われていたようだ。一九七六年には中井久夫・山口隆によって『現代精神医学の概念』が邦訳されて、その後も中井によって論文集や講義録、ケース・セミナーの翻訳が続々と進められた。しかし『私記』は翻訳されなかった。中井自身、「主要著作」として度々言及しているにもかかわらず。訳者の調べた範囲では、国内の出版社が翻訳権を米国 Norton 社より（安くはない値段で）買い取ったことまでは確かである。しかしそこから先に翻訳プロジェクトが進まなかった理由はよくわからない。翻訳権の契約期限が切れて、そのまま宙に浮いた。このあたりの経緯は色々と話を聞いて回っても、それぞれ関係者の話に整合しない点などあり、結論から言えばはっきりしなかった。結局、原著が完成してから九〇年経ってやっと邦訳されることになった。

サリヴァンの言葉の異形と破格については、これまで繰り返し言及されている。その文章がどれほど晦渋であるかを言い置くのがお作法のようにさえなっている。あまりに装飾過剰 campy である、と。まったくその通りで、各センテンスが普通でない長さであるし、挿入句にさらに挿入句があり、そして辞書に載らないような単語を好み、あるいは創作している。書いていてふと頭をよぎったというような、論理の展開とほぼ関係ないエピソードや語呂合わせが唐突にページを埋めたりもする。著者の死後に編纂された『精神医学は対人関係論である』等の他の著作には、そのような特徴はない。

サリヴァン小史

一八九二年二月二十一日、ハリー・スタック・サリヴァンはニューヨーク州シェナンゴ群に生まれた。大都市から遠く離れたシェナンゴ群は好景気から取り残されて、寂れていた。古くからの住民が運河を引き入れようとしたり、鉄道を敷設しようと運動しても実らなかった。サリヴァンの生まれた病院は群庁所在地にあって、まだ少しは人口があったが、一家はサリヴァンが二歳半になるとき農村スマーナに引っ越している。ここの住民は三百人に満たなかった。

母エラ・スタックと父ティモシー・サリヴァンはともにアイルランド系移民二世である。(十九世紀のアイルランドからの移動は本国の飢饉に端を発している。アメリカに先に定着していたのはプロテスタント系のアングロ・サクソン人であり、後からやってきたカトリック系アイルランド人は排斥されていた。)エラとティモシーの間には、ハリーの前に男児が二人あるものの、いずれも一歳になる前に死んでいる。母エラは三人目の子を「黴菌が一匹でも迷い込んでこないように」寵愛した。父ティモシーは寡黙で、信仰を第一とする人間だった。ハンマー工場に雇われていたが倒産のために職を失う。辺鄙な寒村であったスマーナに移動し、小さい家と農場をひらくために僅かの土地を手に入れた。蓄えはほとんどなくなった。この頃どうやら母は精神的失調をきたしたらしい。何があったのか具体的には分からないが、母は数年にわたって一家の生活から姿を消す。この間に息子の養育をしたのは母方の祖母だった。この人は古いアイルランドの言葉、ゲール語を話した。

幼年期の対人交流は乏しい。父との会話は教会に通うようにとの命令だけだった。(アイルランド・カトリック教会は聖アウグスティヌスの影響が濃い。アウグスティヌスは、性交渉は渋々行われるものでなければならないとか、結婚よりも「天の王国のための去勢者」になることを推奨するとか、偏執的な禁欲主義を説いた人だけれども、教会はこれを保ち続けている。)母方の従兄レオは偶像化されて遠い存在であった。教師であった叔母マーガレットからは大いに刺激を受けたが、彼女の住むニューヨーク・シティとは二百マイルも離れていた。農場の動物たちと過ごした時間が一番長かった。

村の学校にあがっても同級生となじめなかった。アイルランド訛りをからかわれることもあったらしい。サリヴァンは言葉に強いこだわりを持つようになり、新しい単語を聞くたびに辞書をひらいた。サリヴァンの奇妙な喋り方はこの頃には始まっていたようで、文章を書くと推敲に長時間かかるようになった。

八歳のとき、クラレンス・ベリンジャーと知り合う。極端な気難し屋であったが、サリヴァンにとって初めてで唯一の友達だった。逆にいえば、サリヴァンは学校で、児童期特有の多対多の対人交流、いわゆる「ギャング」集団に混じれなかった。サリヴァンが同性愛を自覚したのはこの頃と思われる。ベリンジャーとは性的な関係におそらくなっていない。この少年は後にブルックリンの州立精神病院長となったことが知られている。

ハイ・スクールを卒業してサリヴァンはコーネル大学理学部に進学する。そして二年も通わないうちに放校になる。郵便絡みの軽犯罪に巻き込まれたらしい。アメリカという国では郵便制度は単なる行政の一機能ではなく、『競売ナンバー49の叫び』がそれを風刺したように、独特の敬慕の対象であるから、それを悪用したということで単なる軽犯罪以上の波紋が起きたようだ。そしてこの時以降の二年間、サリヴァンに関する公式の記録が一切なくなる。伝記によれば、ベルビュー病院にスキゾフレニアの診断で入院していたことはほぼ確実なようだが、病院の「該当する期間の診療記録は全部失なわれている」（慣習的に診療録は永久保存とされているので、何らかの営為が働いた可能性が示唆されている）。

もしここに入院していたとするなら、フロイト学説を初めてアメリカに紹介したA・A・ブリルの治療を受けた可能性がある。精神医学に彼が興味を持ち始めたのもこの頃と想像されるが、物的証拠はない。やはり伝記を参照すると、この時期にはスマーナの自殺率が異常高値（全米平均の二倍）となっていて、このことも関係していたのではないかと書かれている。

その後に帰郷し、短期間でシカゴ医学校への入学許可を取り付け、また村を出る。当時シカゴはアメリカの中心であった。商業的には、農産物の流通拠点から重工業中心へと変わっていく時期であって、多くの移民が流入し、急速にスラムが形成されていった。学術的には、経済学や政治学、哲学を含む学際的な思想集団（いわゆる「シカゴ学派」）が形成され、アメリカ社会科学を主導していた。同時にアル・カポネが暗躍する「犯罪都市」であったし、そしてビッグバンド・ジャズが産声を上げた街でもあった。サリヴァンの生活歴を振り返ると、アウトサイダーと呼ばれるような人たちが多く寄り集まっているのを初めて目撃したのはシカゴ時代であるはずだ。一九一七年、サリヴァン二五歳の時に医学博士となって卒業する。その後に陸軍医官として三年間を過ごす。第一次大戦の終了もあったためか、途中からはワシントンの聖エリザベス病院駐在の連絡将校となっている。

この当時の院長はアメリカ医学界の重鎮ウィリアム・アランソン・ホワイトで、病棟にはアメリカで初めて本格的な精神医学書を著したエドワード・ケンプも出入りしていた。フロイトのウィーンにはなかった前青春期の概念、つまりリビドーを通じてではなく若い人間が交流することの「発見」は、ケンプよりサリヴァンに引き継がれたものである。聖エリザベス病院は、予後の良い患者にだけ関わることを良しとしない気概に満ちていた。

その後ホワイトの紹介によって、シェパード・アンド・イノック・プラット病院に移る。一九二二年、三十歳のときである。二一〇床の比較的に小さなこの病院がサリヴァンの臨床実践の舞台となった。クエーカー教徒の寄贈による病院で、入院患者の多くは移民一家の子や、農村地帯から来た貧しい人たちであった。生まれ育った町の記憶、シカゴでの体験、そしてシェパード病院の入院患者を通して見た社会の様態が渾然一体となって精神科医としての「自己」を形成した。この病院でサリヴァンは特別の待遇を与えられ、病院全体からは独立した小病棟と、そこで働くスタッフの選任および教育の権限を持つようになる。病床は全部で六床、スタッフは全員男性看士であった。この頃の男性看護士は女性の同職よりかなり低くみられていて、しかも専門的な医学教育を受けていない。

サリヴァンは自分のアパートメントに看護士を呼んで症例検討会を行った。さらに医師を含めたスタッフ間の上下関係を廃止する。治療上の第一目標とされたのは社会的回復 social recovery であって、そのために最重要なのは対人関係の再学習であるとサリヴァンは考えた。

この実験的な精神科病棟と、そこでの驚異的な回復率の噂を聞きつけて次第に、多くの精神科医、東欧からの亡命分析家、そしてシカゴ大学の社会科学者がアパートメントに集まるようになっていく。サリヴァンの第一論文もこの頃に出ている。「分裂病——その保存的な面と悪性の面」というタイトルはどこか示唆的なところがある。

クララ・トムソンとの交流も始まる。彼女は後に北米のフェミニズム運動に決定的な影響を与えることになるが、当時はまだ長いレジデント生活を終えたばかりである。トムソンとサリヴァンの関係は生涯にわたって友好的だった。途中ではトムソンがハンガリーに移住し、フェレンツィの教育分析を受け、その技法を通じてサリヴァンの教育分析を試みたこともあった。もう一人、文化人類学者ルース・ベネディクトともこの頃に知り合っている。二人の交流もやはり長く続いた。(自分たちが同郷同年であることをこの時まで知らなかったようだ。)サリヴァンは後に『菊と刀』の最初の書評を書いた。サリヴァン三四歳のときに母が他界する。

これに前後して、サリヴァンの活動半径が大きく広がる。シカゴ学派との交流が密になっていく。G・H・ミードの言葉通り、「シカゴという巨大な社会学研究所の教訓は、思索ではなく行動こそが最高の教師であることだった」。文化人類学者や社会科学者、法律家までが集まる大規模な「パーソナリティ研究コロキウム」を開催した。精神医学会では全米七〇〇の精神病院の看護情況を報告した。連邦議会へのロビー活動もしている。さらに一九二八年にはドイツのフランツ・アレキサンダーをシカゴ大学教授に招聘するために動く。初めての海外渡航である。向かったのは第三帝国前夜のドイツであった。本書の執筆はこの頃に始まる。

一九二九年、ある日突然に、ニューヨーク株式取引場で株価の大暴落が発生する。「暗黒の木曜日」、全世界的な経済恐慌の始まりであった。数週間のうちに、第一次大戦の総費用を上回る額が消えた。賃金は六〇%引き下げられ、それでも失業者は一〇〇〇万人を超えた。この年にサリヴァンもシェパード病院の職を失う。

多大な借金を背負ってニューヨーク・シティに開業するが、窓の向うにはビルから飛び降りる実業家の影が見えたという。しかしサリヴァンは経済観念に欠けていたようで、支払いの見込みもないままに豪華な家具を揃えたり、高価なブランデーばかり手元に残している。当時まだ学生だったラルフ・エリスンをアルバイトに雇って、文筆を続けるように励ましてもいる。(エリスンの『見えない人間』にはサリヴァンをモデルにしたらしい医者が登場する。)

同じころに精神医療の訓練施設であるウィリアム・アランソン・ホワイト・インスティチュートを設立し、雑誌 psychiatry を創刊した。(前者は精神分析の国際的訓練施設として現在も積極的に活動し、雑誌も刊行が続いている。)サリヴァンの活動の目標は徐々に、精神障害の根本となるところ、社会の建つ土台に浸み込んでいる階級制や差別意識を砕くことに向かっていく。それはたとえば、発達の途上にある同類愛的な一時代をどうしたら文化の前進に結び付けることができるか、という問いの形をとった。ワシントンで公安関係者や社会科学者を聴衆にして青年期の性行動が社会のあり方に起因するだろうと講演し、すぐ後には論文「大時代ものの性文化と分裂病」を執筆している。人間同士の結びつきを制約する偏見や先入観、そして行政的障壁を取り除くことが第一の治療実践となっていった。病院を離れてから臨床の主眼が強迫性障害に移ったとも述べている。

ここから発展して、一九三〇年代には人種差別の調査研究にも加わるようになる。南部諸州での有色人種に対する略奪や残虐行為が報道されるようになった頃であるが、しかし同時に反リンチ法が保守政治家によって廃案にされる時代でもあった。サリヴァンの一連の活動はむしろ一部の反発を生み、それはサリヴァンの死後まで続く「アカ」批難の形をとった。ヨーロッパではナチスが政権を掌握し、猛威を振るうようになる。この頃に精神医学の中心であったドイツ語圏の医学者は思索をやめるか、息を潜めるか、あるいは殺された。

サリヴァンは第二次大戦とその前後の波乱に巻き込まれて、まるで追い立てられるように働いている。チェストナット・ロッジ病院で週二回の臨床講義を担当するようになる。アメリカ内務省で五日間に及ぶ連続講演を行う。陸軍に請われて徴兵選抜用の構造化面接法を提出し、その運用について二十報に及ぶ論文を書いた。この間に心臓病の悪化があるが、入院を拒否して働き続けている。

一九四八年、戦後復興の共同声明を作るためユネスコに招集される。世界各地から呼ばれたほか七名の社会科学者と共に二週間の会議に参加する。その後に英国サセックスに飛び、ここでも二週間で世界精神衛生連盟の立ち上げを行う。最後にチェコスロバキアでやはりユネスコの児童教育に関する会議に五週間にわたって出席している。一九四九年、世界精神衛生連盟の発起会議に出席するためアムステルダム、次に西ドイツに移動する。この一連の行動は合衆国政府からの指示のもとにあったが、いくつか単独で東側要人と会合した形跡がある。

一月十三日、サリヴァンはパリのホテル・リッツに宿泊した。翌十四日、部屋に来たボーイは、部屋の主が息絶えているのを発見する。睡眠薬が床に散らばっていた。死因ははっきりしない。公式の死因は「髄膜出血」であった。晩年の秘書は自殺と考えているらしい。パリの高級紙『ル・モンド』を見ると他殺の可能性を仄めかしている。葬儀はウォルター・リード記念陸軍病院で、埋葬はアーリントン軍人墓地に行われた。

あとがき

『精神病理学私記』を翻訳したのは僕自身のまさに私的な動機からであった。訳文もだから公的というよりも自分がどう読み取ったかの見取り図のようになっている。

サリヴァンの名は、読書対象としては一昔前の印象を与えるだろうし、学生用のテキストとしては確かに古典とされるだろうけれど全員が読むものでもない。

海外文芸の文脈のなかで、過大な賞をこの翻訳がもらったことで『私記』はどこかパブリックな雰囲気をまとうようになった。だけどあえて繰り返せば、この本を数年かけて読み解いたことは営みとしてかなりプライベートな行為だった。

私にとっては、もう少し長くいるつもりだった松沢病院を離れてからの数年間だった。何かに集中して没頭するということが必要だった。この間に引っ越しを四回している。

それから色々と変わった。それまで病院の端で私生活上の悶着について細々と聞き出し書き出すのを生業にしていたのが、人から原稿を頼まれるようになった。そのことは病院のなかで医師と患者という関係性をよりそれらしくして、多少とも柔らかくなくした。患者は主治医のことをよく調べている。

その反動だろうか、文章を書くとき益々私的なことしか書けなくなった。私情混じりというか。小さな嘘、特に文体と区別のつかない細かい嘘の書かれていることに敏感になって、酒を飲みながら書くことができなくなった。

飲酒しながら考え事をしなくなったのが一番の変化だったと思う。

対談：ゴンサロ・M・タヴァアレス

小説『エルサレム』をめぐって

阿部　ゴンサロさん、ヨーロッパ文芸フェスティバルという、このような機会にお話ができて光栄です。

今日は、最初に一般的な質問をいくつか、その後に『エルサレム』について取り上げさせてください。

まずこの一、二年のことです。

現にいま私たちはこうやってインターネットを介して物理的な距離、あるいは時差というものさえ超えて会話をしているわけですが、言語の壁についてだけは最も古い方法、人間の通訳者というものに頼っているのは不思議なことですね。

ここ最近のことで、ウェブを介したコミュニケーションということが改めて世界的な課題となっていますけれども、このことについて小説家としてどのように考えていますか。

ゴンサロ　みなさん、こんにちは。また、私の本の翻訳者の木下さん、そして阿部さんにもご挨拶申し上げます。今回、このヨーロッパ文芸フェスティバルに参加できることを大変うれしく思っています。

私は去年、新型コロナの感染流行が広まりはじめたころに、「疫病日記」*というものを書きました。まさに、疫病について書いた日記なのですが、それは、日々起きていることを書き留めておきたいと思ったからです。

これが阿部さんのご質問への答えとなると思いますが、私は、言語化させることが大事だと思ったのです。それで書いたわけですが、これは、毎日、数か国の新聞に翻訳されて掲載され、やはり言語化の重要性を感じました。

多くの人からも感想をもらいました。読者は、ポルトガル、英国、ギリシャ、スペインなどの人たちでしたが、その人たちがみな、疫病を通して共通の経験をしているという感覚がありました。文学における言語が、日々起きていることの目撃者となったのです。

また、これは、ある意味で、言語の闘いでもありました。世界を駆け巡った映像に対しての闘いです。病人たちの映像、死者数、統計といった数字、こうしたもの

＊……原題は"Diário da Peste"。二〇二〇年三月から六月までの日々をポルトガルの新聞上で綴った連載は、英語、スペイン語、仏語、ギリシャ語などに随時翻訳されて十五か国の媒体に掲載・配信された。現在は書籍化されている。

と言語との闘いであったと思います。

ポルトガル語であろうと、ほかの言語であろうと、言語は世界を理解するのに重要なのです。映像や統計数だけでは疫病を解釈するのには十分ではありません。


阿部　インターネットを介した会話というものが当然になってくるなかで、書き言葉と話し言葉の境目が曖昧化されていくような印象があります。具体的には、話し言葉であったものも容易に記録したり再生することができるようになって、これまで一回性を特徴としていたものが、書き言葉のように固定的なものとして働くようになりつつある、ということです。

私自身は、精神医療と翻訳の二つの仕事をやるなかで、話し言葉と書き言葉という二つのシステムのあることは一種の癒しのようにも感じていましたが、二つのシステムが接近してくることで、その分業性が崩れてきたような感覚をもっています。

この数年の変化で、書くことの意味の変化を感じることはありますか。

ゴンサロ　面白い考察ですね。声の録音ができるようになったのは、最近のことです。しかし、思い返してみれば、話し言葉の固定化というのは、そう新しいことではありません。古典をひもとけば、欧州では（日本でもそうかもしれません）、たとえば「ホメロス」は口承で伝わったものです。

これは私の意見ですが、ZOOMや録音などは、この口承へと技術が回帰したといえるかもしれません。

阿部　口語の優位性という状態として、インターネットを介した会話というものを捉えているということですか。

ゴンサロ　はい。書き言葉を用いて仕事をする作家は、話すことをコミュニケーションとして導入する人もいます。ただ、中には喋るのが大変苦手な作家もいますね。しかし、少なくとも私の場合は、講演などで話をする際には、これを文学的な行動としてとらえています。

阿部　ありがとうございます。…次の質問に移ろうかと思うんだけれど、言語というものについてちょっと別の角度から。

日本語は中国から表意文字を輸入して、それを表音文字として使ったところに始まります。あるいは二百年前からの、日本語の近代文学を作るための運動にしても、ヨーロッパの文学、最初にはロシア文学でしたが、これをいかに翻訳するかというテクニカルな課題とつよく結びついたものでした。国民的作家というものが、過去においても現代においても同時に翻訳家であるというのは、日本のなかなか特異な状況じゃないかと思っています。

そのような観点から、ポルトガル文学は、これまで他の言語や外国文学とどのように結びついてきたものだとお考えですか。

ゴンサロ　まず、ポルトガル語の構造形成の基幹は古典の『ウズ・ルジアダス』*にあります。それを基本として、フランス語や英語など他言語の影響を受けてはいますが、ポルトガル語そのものはラテン語から派生したものです。ポルトガル語は、これを公用語とする世界の国を通して強い言葉となってきました。

現在、ポルトガル語について語ろうとすれば、ポルトガルという国だけに限定することはできません。現在、ポルトガル語が話される国は、ポルトガルのほかに、ブラジル、アンゴラ、モザンビーク、カーボヴェルデなど、全部で九か国**あります。それゆえ、今は、多種多様なポルトガル語が存在するのです。

人口でいえば、ポルトガルは一千万人ですが、ブラジルとアンゴラを合わせると二億人以上になります。そうしたことから、ポルトガル語の話し言葉においては、ブラジル、アンゴラ、モザンビークなどの国々からの影響が大きいのです。ポルトガルにおいて、一番大きな潮流はブラジルでしょう。というのも、ポルトガルには、ブラジルから、テレビ番組やアートなどがたくさん入ってくるからです。

アンゴラ、モザンビークなどの国の、アフリカ系ポルトガル語というものもあります。ここからの言葉が、現在は急速にポルトガルのポルトガル語にも入ってきています。主に、書き言葉よりも話し言葉として、ですが。ポルトガルでは、話し言

＊……原題は"Os Lusíadas"。ポルトガル最大の詩人といわれるルイス・デ・カモンイス（一五二四頃－一五八〇）による叙事詩。

＊＊……CPLP（ポルトガル語諸国共同体）、ポルトガルを公用語とする諸国によって構成される国際機関の加盟国はポルトガル、ブラジル、アンゴラ、カーボヴェルデ、ギニアビサウ、モザンビーク、サントメ・プリンシペ、東ティモール、赤道ギニア。

葉においては、ブラジル、アフリカの言葉の影響が強くなってきていますが、書き言葉においては、ポルトガルのポルトガル語はそこまで影響を受けず、独自性を保っています。

近年では、大きな変化がありました。三十年前くらいまでは、ポルトガル文化と言語に強い影響を与えていたのはフランス語でした。今はそれがアメリカ文化と英語にとってかわりました。

阿部　フランスの話が出てきたのには、すこし感慨深いものがあります。ユーロが初めて発行されたとき私はフランスに住んでいて、そのときはフランス国籍の子供でした。それが今、ＥＵ代表部の建物のなかで、日本側の人間としてこうして壇上にいるのは、奇妙な感じがしますね。

フランス文化のポルトガルへの影響というお話ですが、特にこの作品というのはありますか。

ゴンサロ　私が影響を受けたものはとてもたくさんあるのです。なかでも、特に哲学は私にはとても重要です。

そのなかで、フランス作家の名をあげれば、ミシェル・フーコーでしょう。阿部さんもご存じと思いますが、フーコーの名は狂気の歴史を語るうえで非常に重要です。哲学という観点から直接書いたことは一度もありませんが、フーコー、ジャン＝ポール・サルトルにはずっと興味を持ってきました。ですが、ほかにも影響を受けた作家はたくさんいます。

阿部　フーコーの名前が挙がったところで、ここから『エルサレム』の話に入りましょう。

舞台になったのは「ローゼンベルク病院」ですが、ここの描写にはフーコーが言ったところの精神医学の古典時代 l'âge classique というような雰囲気がありますね。モラルトリートメントを思わせる説明があり、つまり十九世紀前半の精神病院の記述です。

一方で人物造形、例えばヒンネルクとかに関して言えばフロイト的な十九世紀後半のモチーフ、拳銃とか自体愛、あるいは子宮とヒステリーといったモチーフが使われています。

しかしさらに全体の時代設定をみると、明示的に言及されているのはカメラを趣味にしているカース少年、あるいはナチスの言葉もあるから二十世紀後半以降ということになります。

こういうふうに設定上に複数のレイヤーが被せられているのは、この『エルサレム』世界をより現実に近づけるためにした操作なのか、あるいはむしろ非現実性を強調するためにした操作なのかと考えてしまうのですが、どうですか。

ゴンサロ 『エルサレム』は、ほかに『技術の時代に祈りを学ぶこと』*などとともに「王国」というシリーズに属しています。『技術の時代に祈りを学ぶこと』は「王国」にとって非常に重要な、要となる作品ですので、いつかぜひ邦訳されてほしいと思っています。さて、この「王国」の作品には、どれにも「時代」はありません。どこの歴史にも当てはまらない、時代のない作品なのです。
「ローゼンベルク」という病院の名前は、あるナチの将校の名からもらったものです。『エルサレム』に時代はありませんが、阿部さんが今おっしゃったように、十世紀・二十世紀の要素はあります。ですが、私は、この精神病院を神話的に描きたいと思ったのです。

私は、歴史物語を書こうと思ったことはありません。ある状況下での本質的なものとは何かを理解したいと思っているのです。そして、そこから、時代を限定するあらゆる要因を取り除きます。私は、ユートピア、ディストピアに興味があります。『エルサレム』は、ディストピアに分類されるでしょう。

阿部　精神病院が神話、あるいは寓話という意味で何を象徴すると思いますか。

というのは、私たちの市民生活というのは人間が理性に基づいてモノをみて考えて行動しているという前提に立っていますが、精神病院というものは理性がただ科学の一対象でしかないという前提のうえにあるものです。

その中で精神病院という舞台装置であるものをこれだけ濃厚に描いたということは、病院が、何かそれ自体として文学上のモチーフであり得るというふうに考えたからですか。

＊……原題は“Aprender a Rezar na Era da Técnica”（2007）。

ゴンサロ　『エルサレム』では、理性と、ミリアの肉体的および精神的な病、そして宗教に対する問いが交差します。理性とスピリチュアリティが衝突するのです。このスピリチュアリティとは、宗教というよりも、物質的でないものへの信仰といえるでしょう。本書での中心的人物はミリアとなりますが、彼女の肉体的な病は、物語が進むに従って、精神医学ではなくスピリチュアルな道を経て癒えていきます。『エルサレム』には病院という理性の場がありますが、それよりさらに大きな場、つまり教会が存在します。精神病院と教会とが『エルサレム』の二つの中心的な場であると言えます。

物語は、すでに病を得ているミリアが教会に入ろうとして入れない、というところから始まります。教会が夜中に彼女に扉を開けないということは、宗教が彼女を受け入れないということです。『エルサレム』で起こるすべての悲劇は、この夜中に起きます。その夜、ミリアの息子は殺されるのです。

それは、こう解釈できるでしょう。ミリアは精神病院、つまり理性の世界、癒しの世界を出て、宗教世界、つまり教会に入ろうとしていた、だが、失敗した、と。

『エルサレム』に描かれているのは、たとえばミリアのような人間が、肉体的痛みを癒す解決法を求めたのに、理性の世界でも宗教の世界でも見つけることはできなかった、ということです。
『エルサレム』の中において、狂気とは、過剰な理性への試みの中間的な場なのです。たとえば、医者のテオドールがいます。彼は、純粋な理性主義者です。ミリアは、愛情面においてすら、理性と狂気の間でバランスを取ろうとしました。つまり、理性主義のテオドールと狂気を持つエルンストのことです。

阿部　『エルサレム』のなかでキリスト教会と精神病院は対置されていますね。精神病院というのが、理性の側にある空間であると考えますか。

ゴンサロ　病院、ミリア、エルンスト、語り手はその話をしています。『エルサレム』では、精神病院は単純化された世界を示しています。病院では、いくつもの非常に明確な規則があり、反復と習慣が推奨されます。これらによって、入院患者の生活は単純化されるのです。『エルサレム』の精神病院にあるのは、偽の理性です。

病院では世界のあらゆる問題が除去されてしまうからです（ここで言う「病院」とは、私が作ったフィクションの病院のことを指します）。たとえば、家でだれかが病気になって寝込むと、病気に関わる問題以外のことは、すべてほかの人間が引き受け、病人は闘病に集中するように仕向けられます。病院も同じ役目を果たしています。病院外での問題を、患者は忘れられるようにするのです。

阿部　神学と病院という機能の類似性というものは、イギリスの精神分析家ですがマイケル・バリントが“The Doctor, His patient, and the Illness”のなかで論じていて、現代から見たとき、それがフランスの地域医療体制の構築につながっていますね。

キリスト教神学でも論じられるところですが、儀式というか、精神病院のなかにある様式化された規律とか繰り返しというものが、理性とどのように繋がっていると考えているか、もう少し詳しく伺ってもよろしいですか。

ゴンサロ　どんな人間にも、共同体にも、それぞれ特徴はありますが、それが度を越すと狂気となります。たとえば、反復という行動は、過剰になると強迫観念となります。

理性とは、総体としての習慣に拠るものです。理性的であるためには、その基盤は頑強で確実でないといけません。この精神病院では、患者たちが外の種々雑多なことで悩まされることなく治療に専念できるようにと、その確実性をさらに強めようとしました。そのために、あらゆる物事を予測可能にしたのです。

普通の生活、病院外の生活では、色々な予測不可能なことが起こります。要するに、患者たちは一種の実験室にいるのです。予想外のもの、変則的なこと、習慣にないものはことごとく除去されます。病院には、理性的で、純粋な、あるいは人工的で、普通ではないものの集合、過剰に純粋な理性の集合があるのです。あたかも、ここには病気と医療・治療しかない、というような。そのほかの様々な物事はすべて止まり、取り除かれます。病院には、病気と治療、それだけしかあってはならないのです。

ところが、『エルサレム』の精神病院では、全く想定外のことが起こります。ミリアとエルンストが病院内で性交し、子どもが生まれたのです。『エルサレム』は、このような、予測不可の出来事についての物語でもあります。完ぺきに管理された空間で起きた、制御不可能な出来事。厳しい管理や監視下にあっても、こうしたことが起きるということです。エルンストとミリア、この二人の患者が、あらゆる規則をもってしてもまったく予測できなかったことをやってのけたのです。

阿部　……残り時間がもうあと十分ということなので、個人的興味からの質問を最後にさせてください。

ミリアが入院する場所がゲオルグ・ローゼンベルク病院の二階だと書かれていますね。非常に細かい質問ですが、医者としてはこの部分が印象に残りました。精神病院の建築は、各時代において精神医療というのにどれくらい予算が割かれていたか、パブリックなものとプライベートなものがどう分離されていたか、とても複雑な力学を表しています。ここでミリアが二階に入院したっていうのはどのような含意でしょうか。

例えば一昔前の日本であったら、精神病院の二階にというのは、飛び降り自殺のリスクが少ないという精神科医の強い判断を示唆します。あるいはドイツだったらおそらく二階というのは裕福な患者であるという含意がありますね。

ポルトガルの精神病院の建築には詳しくないんだけれども、あえて二階と指定されたことが気にかかっていて、この部分についてはどうですか。

ゴンサロ　おもしろい質問ですね。

たしかに、精神病院の構造というのは国や地域によって違うでしょう。例えば、ドストエフスキーの作品には黄色い家の記憶が出てきます。黄色というのは、精神病院の色なのだそうです。ポルトガルでは、精神病院の外壁は主にピンク色に塗られます。このように、色をとっても国によって違うのがわかります。日本ではどうでしょうか。

階数ですが、『エルサレム』の病院では、私は、患者たちの紹介シーンを描きたかったのです。オペラのように、一人一人が自分の問題について話していく、ある章ではそのようにして次々に患者が自分の話をしていきます。彼らはみな、入院はしていても、それぞれの行動は違います。自殺傾向がある人もいれば、自傷行為をする人もいます。また、現実世界からは完全に離れている人もいます。ミリアとエルンストは、自身に向けて攻撃的なことはしません。彼らについては、自殺の可能性は明示されません。ミリアは、この肉体の苦しみは耐えがたいとは言いますが、自殺について強調はされていません。病院の二階にいることが自殺に関連している、ということはありません。

とはいえ、『エルサレム』では、あらゆるものが曖昧です。たとえば、病院から離れたエルンストは、冒頭で窓から身投げをしようとしています。そこへ電話がかかってきて、声の主がミリアとわかり、と、この夜の話はここから始まります。ローゼンベルク精神病院から離れて、もう何年も経ってからの話です。

この、自殺という問題は非常に重要です。というのも、ミリアにとっても、エルンストにとっても、この問題が大きくなってくるのは、病院から離れてからのことだからです。それは、あたかも、ローゼンベルク病院の記憶が彼らには耐えがたくなっているかのようです。退院後、何年も経てから「生きていけない」という気持ちが意識として出てきています。病院にいたときの彼らは、ある意味で昏睡状態にあったのです。自分自身に対する暴力は、特にエルンストにとっては、退院後長い歳月が経ってから表面化してきます。彼の自殺衝動が強まったのは、つらい時期と、受けた暴力の記憶のせいであって、入院当時に表に出ていた精神病のせいではないのです。

ただ、『エルサレム』にはさまざまな解釈があると思います。作者として、読者のそれを限定したくないという気持ちがあります。

阿部　ありがとうございました。

この作品の一番のギミック、冒頭でミリアが子宮に障害を抱えていると書かれているところですね、最後まで読んでそういうことだったかと思いました。

もちろん子宮 uterus というのはヒステリー hysteria の語源ですけれども、そのミリアが自分で私はスキゾフレニアだと言うところ、古典的にはヒステリーとスキゾフレニアは真逆のものとされているので、ミリアがもしかして嘘をついてるんじゃないか、あるいは現実を正しく見れてないんじゃないかという疑念を読者は持ちながら読み進むことになります。そして一番最後、クライマックスだけれども、やはりミリアが一つとても重要な、しかし別の嘘をついたことが、この作品の円環構造にピリオドを打ちます。

時間があればもう二時間でも三時間でも語りたいところなんだけど、作品のエンディングについて話したところで、終わりにしましょうか。

ゴンサロ　小説を楽しんで読んで下さったのは嬉しいです。

作家として読者の解釈を聞くのは大きな喜びです。たとえば、今の阿部さんの、ミリアの肉体的病気が彼女の思いこみなんじゃないかという意見は初めて聞きました。たしかに、ヒステリーというのは本人の思いこみによることもあって、ある日、実は何もないと自分で気づくと快癒することもあるとは聞いたことがあります。

もう一つの仮説としては、宗教がありますね、奇跡が起きて彼女は治った、ということです。

この解釈はそれぞれまったく違いますが、私はどちらも気に入っています。阿部さんのその解釈はほんとうにおもしろいと思います。

最後に、日本でのこうした場にお招きいただいてほんとうに光栄でした。深く感謝します。

（翻訳：木下眞穂）

あとがき

二〇二一年十一月二十四日、ヨーロッパ文芸フェスティバルの一環として行われた対談。なんだか奇術めいた空間だった。

フェスティバル会場（駐日EU代表部、南麻布）とゴンサロ自宅はインターネット回線で繋がれていて、彼の発言は壇上の僕の隣にすわる葡日通訳者が、そして僕の発言は日英通訳者が逐次通訳するが、このもう一人の通訳者は会場におらず、ゴンサロに声だけ送っていた（らしい）。会場には同時通訳ブースが五基あったが無人。そして対談をリアルタイム配信するための専門スタッフが六、七人いた。大人二人が話をするのにこれだけの人間が仕事をしていて、それでいて入場制限があって聴衆は数えるほどだった。全体がどうなっているのか、摑みがたい不可思議な場だった。顔を合わせて話をするのが、いかに簡素な行為であることか。

そこまでやって話題が「口承への回帰」とかで、見方によっては世話ないわけだが、でも率直な印象としてはやはり有意義な時間だったと思う。
私自身は、言葉を結局はニュアンスというか文脈の問題だとそれまでは思っていて、というのは、同じ語彙であっても意味はどうにでも曲げられるものだから、その点では言葉をマチ針くらいにしか考えていなかった。ポルトガルの小説家と話をして、その認識がすこし変わった。

ポルトガル語翻訳　木下眞穂

協力：ポルトガル大使館、駐日欧州連合代表部

その警官、友人につき

大学三年生のころ、アメリカを旅した。二〇一一年だったと思う。ニューヨーク・シティから長距離バスに乗ってロチェスターで降りて、さらに小型バスで一時間ほど行ったキャナンダイガという湖畔の街が目的地だった。

初めてのアメリカだったせいもあって、ロチェスターで降りてから、案内に書いてある community bus なるものにどこで乗ればいいか分からずに茫然としていた。かなり暑かったように記憶している。医学部の講義が一段落した、夏休みの八月。どれだけ歩き回ってもバス停は見つからなかった。

二時間とか、それくらい探し回っても結局わからず、途方に暮れたころ警官二人組が立ち話しているのを見つけた。二人とも一九〇センチ一〇〇キロは超えていそうな白人警官と黒人警官。仲が良さそうだった。暇なのかもしれない。談笑している。一人で探し回っていても埒が明かないので、勇気を出してこの二人組に尋ねてみることにしたのだった。

訊くと、どうやら community bus とは大型の乗り合いタクシーのようなもので、特定のバス停があるわけではなく、ショッピングモールの駐車場あたりを巡回しているらしかった。

二人とも、特に黒人警官の方はえらく親切にあれこれ教えてくれたので（やはり暇だったのだろう）去り際に、「ご丁寧にどうもありがとう」というようなことを私が言った。そのときに白人警官が相棒の肩を叩きながら「he's a man.」と笑顔を返したのだった。

日本語にすれば「こいつぁいい奴なんだよ」というところだろうか。深く考えて言ったわけではなかったと思う。旅行者に礼を言われて、ただ反射的に口をついただけだったに違いない。けれども私はその一言を聞いて「アメリカはすごい国だ」とまったく感動してしまったのだった。

——古いブルースに、"I'm a man"という曲がある。「俺はいい奴だ」ではない。「俺だって一人前の人間なんだ」の意味である。かつて黒人は年齢にかかわらずアメリカでは boy と呼ばれていた。ファミリー・ネームを呼ばれることすらなかった。その時代に、自分たちは boy ではない man なんだという執念を込めて歌われた音楽があった。大昔のことではない。一九五〇年代の終わり、私の親が生まれる少しだけ前のことだ。

Now I'm a man
Made twenty-one
You know baby
We can have a lot of fun

I'm a man
A-spelled M-A-N
Man

そう、そういうことが頭にあったから、白人が黒人の同僚に、何の気兼ねもなく「he's a man」と言ったとき、私は美しいものを感じたのだった。歴史を遮っていた壁の一角が、たしかに打ち崩されて、そして乗り越えられたんだなという印象を持ったから。オバマが大統領だったときのアメリカである。

でも大学生の私がもった印象は間違いだったのかもしれない。二〇二〇年五月二五日、路上に這いつくばった黒人の首に白人警官が膝をのせて、殺した。それに抗議して全米でデモンストレーションが行われた。そのデモの参加者に警察はゴム弾と催涙ガスを撃った。「自警団」がデモ隊をさらに撃ったし、警察はこれを取り締まろうとしなかった。

あのとき優しかった警官の二人組は今どうしているだろうかと、ニュースを見るたびに思う。

◆

レイシズム racism は二〇世紀になって使われるようになった言葉である。[1] もともと「人種」によって生まれつきの優劣があると喧伝することを指していた。[2]

しかし今は違う。まったく同じ言葉が、かなり違った意味で使われるようになっている。いまレイシズムという言葉は、一人ひとりに各々たった一つの属性だけもたせようとする圧力の全体を指すようになっている。

――現状として、自分の生まれた場所、家族、顔つきとか体つきによって、とるべき行動、とるべきでない進路の決まっている世界に私たちは生きている。アメリ力だけではない。

同じくらい勉強ができても、大学に進めなかったり、あるいは不本意な進学を強いられたりする。聞くべき音楽とか読むべき本を知らない誰かに指図される。同じ罪状でも、量刑が違ったりする、あるいは裁判すら受けられずに路上で殺される。

圧迫はその時々で違った形をとる。経済格差とか、何かのアルゴリズムとか、あるいは警察官ないし政治家の偏見とか。リンチ、校内暴力。テレビドラマの配役のこともあるし、閣僚の人選のこともある。一人ひとりにあるはずの選択肢が、奪われたり覆い隠されたりする。チャールズ・ライト・ミルズが「罠」と呼んだものが張り巡らされている。[3]

「そういうものじゃないか、なんだって」

たしかに現状は〈そういうもの〉である。けれども現状がそうであることと、これからもそうであるべきかは別の問題だ。奴隷制だって当時はそういうものだったし、赤紙一枚でろくな補給もない戦地に送られるのも、当時はそういうものだった。

女性というだけで医学部に進学することを阻まれたのも最近まではそういうものだった。しかし今後ともそうあるべきだと考える人はいないだろう。

自分と違うからといって誰かを攻撃することは、ヒトの本性でも本能でもなく、また運命でも宿命でもない。たとえば身体的特徴によって集団が迫害されたり優遇されたりすることは古代からずっと続いてきたわけではないし、肌の色とか髪質とかで人間が階級付けされるようになったのは、十五世紀の大航海時代以降、植民地経営の便宜を図るためのことに過ぎなかった。[4]

これとおおよそ同じ時代、日本の近世の身分制に起源をもつ同和問題も、一九六〇年から始まるわずか二十年ほどの高度経済成長期に大きく様相を変えた。[5]あるいはこの一九六〇年と言えば、ジム・クロウ法に代表されるアメリカの黒人差別が改められていくきっかけとなった「アフリカの年」だ。アフリカ諸国の独立によって、東西冷戦構造のなか、第三世界が共産主義陣営についてしまうことを恐れてアメリカは国内体制を改めた。[6]

目につく違い、あるいは出自に違いがあれば差別心も自然と生まれるだろうと考えることは、歴史を見るかぎり正しくない。排斥のロジックはむしろ利害対立とか不公正を取り繕うために言われてきたものである。偏った構造はその時々で新しく作られたり、すり替えられたり、あるいは解かれてきた。レイシズムは人間の特性 trait ではなくて状態 state であると言ってもいいかもしれない。

◆

アメリカの精神科医ハリー・スタック・サリヴァンはかつて、個人には対人関係の数だけ人格があるのだと述べた。すべての源となるような〈個性《インディビジュアリティ》〉が各々にたった一つだけあるというのは幻想であって、個人にとって本質らしいものはもっと多く、むしろ無数にあるはずだ、と。[7]

友人といるときと恋人といるときで私は同一でない。喋ること、考えること、やりたいこと、やりたくないことが違う。家族と過ごしているときと、同僚と帰り道を歩いているときとでも違う。あるいは壇上に一人で上がるときでも、ビンゴ・ゲームの一番乗りとして上がるのと、何かの集団代表として上がるのとでは違う。

そのたびに所作の一式、言葉遣いやイントネーション、意識しないちょっとした仕草まで替わっていることだろう。周りにいる実在の人間、あるいは非実在の人間と、その時々でどのような関係が結ばれているかによって、思惟や語彙や体位まで変わる。どこかにある「拠点」からそれぞれの人格が演繹されるわけではなく。

アメリカがもっとも豊かだった一九二〇年代に教育を受けて、開業してすぐニューヨークの大恐慌に飲み込まれ、そこから雪崩のような第二次大戦に巻き込まれたサリヴァンは、そして移民の子でもあり同性愛者でもあったこの精神科医は、人間をすべて説明するような唯一の変数があるとは考えなかった。

私自身、親の国籍をしきりに訊かれることに辟易して、その度ごとに違う答えを返すらしい少年をみたことがある。家で何語を喋るのかという質問を煩わしく思って、父はユダヤ人ですといって煙に巻く子もいた。ささやかな、本当にささやかな抵抗だったと思う(大人を小ばかにした態度だと怒る人もいた。しかしどうして自分が小ばかにされたと感じるのか、説明できる大人は恐らくいなかっただろう)。

もっと言えば、ボア生地の部屋着が好きでかつアメフト観戦が好きでも何もおかしいことはないし、オーストラリア人の両親のもとインドで生まれた子供がエジプトで教育を受けたとして、その子が自分をどう捉えるようになったとしても、それは自己像の混乱ではないし分裂でもない。

リーペレス・ファビオがこの「理解され難い何者か」についてモノグラフを著している。韓国人の父とメキシコ人の母をもち、日本、マレーシア、メキシコ、韓国とアメリカを転々としながら教育を受けたこの著者も、サリヴァンが言った意味での〈個性〉を棄却している。それに執着しているのは自分ではなくて「周囲の人々」でないか、と。[8]

けれども一人ひとりに各々たった一つの属性だけもたせようとする圧力は、パーソナリティがこのように複数ありうることを否定しようとする。どれか一つの状態像だけを他から引き剥がしてきて「これが貴方です」と言う。[9]

引き剥がしの手練手管には、皮肉なことに、かなりの多様性がある。本人のあずかり知らないところで受けるべき教育が決められる。歩いているだけで警察官に呼び止められる。偏ったメディアの表象、それが当然とされる。就くべき職業、就くべきでない職業が、知らない誰かによって定められている。

――レイシズムを乗り越えようとする行動が、個々の不正に抗議するだけに留まらないのは、怒りに振り回されているからとか、現実が見えていないからではない。

テレビ・コマーシャルの文言ないし大学入試制度の細則までが問題とされるのは、つまり論点がたえず外側に押し拡げられようとしていることは、これまであまりに多くのことが個々人の一つの属性に着せかけられていたことへの反動である。

抑圧のもとに置かれると私たちは曖昧な態度をとることが不可能になる。これは(大人にとっての社会体制を、子供にとっての家庭環境と置きかえれば)暴力が日常であるような家庭に育った青年の反抗期が破壊的になることと似ているかもしれない。少しでも妥協することは、私はまだ幼く充分な能力がありません、これからもどうか圧制を続けてくださいと嘆願しているに等しい。残酷な環境においてニュアンスのある態度は避けるしかない。

両親からずっと暴力を振るわれて育った子供が、ある日を境に言うことを聞かなくなったとして、それを病気だと診断する医者がいたらどうか。摑まえてきて、閉鎖病棟にいれれば前みたいに素直になるでしょうと彼が言ったとして、気味が悪いと感じないだろうか。少なくとも腕のいい精神科医とは誰も思わないだろう。

◆

ロチェスターの二人に会うことはもうないはずだ。名前は聞かなかった。その分だけ考えてしまう。自分があの黒人警官だったとして、制服に着替えるとき、ラジオからデモ隊の声が流れていたら。防弾チョッキを着ていれば自分がデモ隊からどう思われるか、頭をよぎるだろう。仕事だからと言い聞かせて、一片でも共感することを止めるか。

警官であるというだけで、銃をもってデモ隊と対峙することはしたくありませんと言ったなら、遵法精神が足りないとかと言われて責められるのだろうか。引き裂かれるとはそういうことだ。

あるいは自分があの白人警官だったら。今までみたいに同僚と気兼ねなく話ができるだろうか。誰かに親切な友人をみて、その肩を叩くことができるだろうか。デモがそのうち収まって、静かになって、またパトロールが暇になればそれで済むだろうか。

――それでは引き裂かれたままだし、旅行者に優しくする余裕も戻ってこないように思う。どっちつかずの態度はおかしくなった友情をもとに戻してくれるものではない。

註

1　ただしウェブスター辞典で racism の項をみると注意書きがある。「名前が与えられるよりも相当以前からものが存在することがありうる。（例：Tシャツという語彙は二〇世紀に入るまでなかったが、この形の衣服が十九世紀には既に流通していた。）」

2　https://www.merriam-webster.com/dictionary/racism（二〇二〇年九月十八日取得）

「レイシズムとは、エスニック・グループに劣っているものと優れているものがあるというドグマである。」（ルース・ベネディクト『レイシズム』阿部大樹訳、講談社学術文庫、二〇二〇、一一八頁）

　なお、この言葉を英語圏に定着させた右の書籍においても強調されているように、人種という概念の妥当性は生物学においても文化人類学においても既に否定されている。私が本文で「人種」とカッコ書きにしているのはこのためである。また一方で、たとえばツチノコの存在が遺伝学によって否定されてもツチノコという概念は失われないように、学問によって否定されてもその概念自体はなくならないだろうという考え方もある。

3　「こんにち、自分の私的生活は罠の連なりなのではないかという感覚に、人はしばしば囚われる。彼らは、日常的な世界のなかだけでは自分たちの問題を解決できないと感じている。そう感じてしまうのは、たいていの場合まったく理にかなったことである。普通の人が直接に見たり聞いたりしていることや、行おうとしていることは、個人の生活圏を超えることはない。彼らの視野や能力が及ぶのは、仕事や家族、近隣といったクローズアップされた場面に限られるのであって、他者の生活圏については、自分と重ねてみることはあるものの、あくまで傍観者としての分を守る。たとえ漠然としたものであっても、自分の手が届く範囲を超えるような企みや脅威に気づけば気づくほど、ますます罠にはめられたように感じるようになっていく。」（C・ライト・ミルズ『社会学的想像力』伊奈正人・中村好孝訳、ちくま学芸文庫、二〇一七、十五頁）

4　「古代世界における差異の諸概念について研究した学者たちのあいだでは、ギリシア人、ローマ人、初期のキリスト教徒の考え方には『人種』にぴったりと該当する概念はないという見解が優勢を占めている。（中略）たとえば、初期のキリスト教徒は、すべての人間が霊的には平等であるという信仰の証拠として、アフリカ人の改宗をほめ称えていたのである。」（ジョージ・M・フレドリクソン『人種主義の歴史』李孝徳訳、みすず書房、二〇一八（新装版）、十四－十五頁）

「奴隷制を正当化していたのは純粋に宗教的な差異からだったが、アフリカ人は洗礼を受けるようになると、奴隷制下でアフリカ人を保持しておくことは積極的に正当化できなくなった。（中略）プロテスタントにとって『キリスト者の自由』という仮定は、とくに重要だったのである。」（同書四二頁）

5 野口道彦『部落問題のパラダイム転換』明石書店、二〇〇〇、一二一－一六七頁

6 下記文献、特に第三章「公民権運動によって冷戦を戦うこと」が参考になる。Dudziak, Mary L., *Cold War Civil Rights: Race and the Image of American Democracy*, 2000.

7 「私たちは皆、対人関係の数と同じだけ人格の数を持ちます。対人関係の多くが幻想上の人々——つまり非実在人物群——を現実上で操作することから成り立っていて、しかもそれがしばしば実在人物群——角を曲がったところの薬局の店員とか——よりも重大視されています。ですから私が〈個性などというものは幻想である〉と言うとき、最初には狂気の沙汰と思われるにしても、そのうちに少なくとも一理ありそうだという程度には受け止めてもらえるものと信じております。」（ハリー・スタック・サリヴァン『個性という幻想』阿部大樹訳、講談社学術文庫、二〇二二）

8 「私がアイデンティティとするものは一体何だろうか。この問いに悩まされることもトラウマになることもなかったが、『はて？』という程度に疑問を持ったことがある。この疑問への答えは、『私にはアイデンティティはいらない』である。むしろこの疑問に執着していたのは、周囲の人々である。」（リーペレス・ファビオ『ストレンジャーの人類学』明石書店、二〇二〇、五頁）

「ここで言いたいことは二点ある。まず一点目に、彼や私は、複雑な経歴を持つ故に、特定の地域に住んでいて国籍やエスニシティというカテゴリーで分類できる「分かりやすい何者か」ではないということである。そして二点目に、複雑な移動の経験によって複数の異なる文化の中で育つ人が、実は広く行

9

き渡って存在していることである。（中略）どこかに定着しろと言わんばかりの固定的なアイデンティティの議論だけでは理解できない人々が、この、人の移動が常態化し広域化しさらには複雑化した現在の流動的なグローバル世界では増えているのである。」（同書六頁）

サリヴァンの死んだ三年後、フランス領マルチニーク島生まれの精神科医フランツ・ファノンは、植民地であったアルジェリアで自身が画一化の圧力に晒されていることを書き残している。

「他者のまなざしは私を解き放つ。他者のまなざしを受けて私の身体は急に滑らかになり、失ったと考えていた軽やかさを取り戻す。他者のまなざしは私を世界から不在ならしめることによって世界を私に返すのだ。ところが向こう側の斜面で私はつまずく。他者は身振りや態度やまなざしで私を着色する。染料がプレパラートを着色・固定するように。私は激昂し、釈明を求めた……。」（フランツ・ファノン『黒い皮膚・白い仮面』海老坂武・加藤晴久訳、みすず書房、一九九八、一二九頁）

あとがき

これを書いたのは二十九歳のときで、警官二人組に出会ってから八年が経っていた。記憶なんて悲しいものだ。美しい二人だったけれど後になって思い出は形を変えてしまった。

これまで読んだもの書いたものの多くがあの短い旅行と結びついているように感じる。当直の合間を縫って『ヒッピーのはじまり』を訳したのも、このあと乗り込んだcommunity busでの道連れ、公民権運動の頃をよく覚えていると言った、名を聞き忘れた高齢の黒人女性と無関係ではない。

感慨は一瞬である。ただ感慨には理由がある。そう感じるに至った経緯があるわけで、どう順序づけてもいいのだから恣意的であるにしても、ただ「結局ひとそれぞれ」というような結論に落ち着いてしまわないために必要なことだと思う。

幼少期を外国で過ごした人間の例に漏れず私も国家というものが苦手だった。国と家はむしろ対義語であって比喩的な関係にあるとは思われなかった。それでもアメリカは特別だった。どうしてかは分からない。そこに憧れるような世代でもない。でも高校三年生の冬、オバマの就任演説の掲載紙を切り抜いたとき、当時付き合っていた女の子の二つ下の弟もそうしたと言っていたから、多少はそういう雰囲気もあったのかもしれない。

大学生になって、このアメリカ旅行の翌年、四年生のときドイツに短期留学することになり、配属された研究室のボスはたまたま日本人で彼は国粋主義者だった。そこで実験用マウスの訓練とか神経細胞の高解像度撮影とか手伝っているときにオバマが再選された。

トランプ大統領が選ばれたのは二〇一六年のことで、これは相模原事件の年でもあるが、この両方のニュースを私は松沢病院の医局にあったテレビで観ている。そのときのことは「妄想のもつ意味」に書いた。

アメリカと祖父のシベリア

小説が異なる言語を行き来しながら理解されていくとき、その障壁となるもののカテゴリーはそれほど多くありません。一つには言語圏ごとの習俗の壁があり、もう一つは言語そのものが主題となるときの難しさがあります。この二つにあとは、作家がある一つの言語を選んだとき前提化される歴史についての壁を加えれば、障壁の種類のほとんどを挙げたことになるだろうと思います。

コトバを移し替えることについて議論されるとき、言語運用の足元にあるものの違いが強調される傾向にありますけれども、この右に挙げたいくつかの論点を除けば、文字を書きつけることの営みについて決定的な隔たりはないと私は考えます。

どのような場であっても所作、語彙、文法の違いはあります。使用言語の異なっているとき注目されてクロース・アップされますが、普段であれば意識されないほどのことに過ぎない。この意味での翻訳可能性というものを考える必要があるはずです。

この一〇年間のアメリカ小説を私がどのようなものとして捉えているかを書くことによって、右に述べたことを補足したいと思います。

この期間に書かれたもののうちでおそらく最も大きな衝撃をもって迎えられたのは二〇一八年の『フライデー・ブラック』でした。表題作や「アイスキングが伝授する『ジャケットの売り方』」に特徴的であるように、この短編集の中心をなしているのは人間が一塊となって売買し消費することの奇妙さでした。

冒頭に〈ブラックネス〉を自己調節する青年の語る「フィンケルスティーン5」が配置されていることは、それ以降の作品でつよい個性をもった登場人物の描かれないことをコントラストによってむしろ強調しています。物語のなか写実的に表される事件はどれも全員に起きていること、全員の経験したり巻き込まれていることとして示されます。結果として『フライデー・ブラック』は舞台となったアメリカの全体を表すようになりますが、翻ってそれは小説がどのような代表的人間像も示そうとしない、ということでもあります。

◆

かりに、つよい個性をもった一人がいて、その眼から物語がすべて語られて、出来事もすべて受け止められて、その一人によって反応されるということを「濃い」主人公としましょう。そのとき、たとえば『白鯨』のエイハブ船長の存在はきわめて濃いものです。そしてその反対に、この一〇年間にあらわれた多くの重要な作品で主人公のずっと「薄い」こと、極端にいうならほとんど存在しなくてもいいように描かれていることに気付きます。

『地下鉄道』(二〇一六年)にしても、主人公の奴隷少女コーラは形式的であって、小説を実際上で成り立たせているのは作者による架空の鉄道網です。私は形式的という語彙を、もしあの本が「コーラの物語」と題されていたときに成立しただろうか、という意味で使います。題を変えても話は破綻しません。しかし原義によって新しい《novel》ものとはならなかった。これまで書き尽くされてきた主題であるからです。「地下鉄道」が設定されたことではじめて小説《novel》になっています。

あるいは二〇一一年の『オープン・シティ』の主人公——ナイジェリア系アメリカ人の精神科医——にしても、きわめて薄い。事態を受け止めているのが誰であるか一見して分からないくらいに。

ビールを飲み終えて金を払うと、男が近寄ってきて隣に座った。僕のことわかりませんよね、と男は眉を上げながら言った。あなたは一週間くらい前に民芸美術館にいましたよね。私の反応が曖昧だったらしく、彼はこう付け加えた。あそこで警備員をしています。僕と会いましたよね？　私はおぼろげにしか憶えていなかったが頷いた。握手をし、彼はケネスと名乗った。色黒で頭が禿げ、滑らかな額。丹念に鉛筆で描いたような口ひげもあった。上半身はたくましかったが脚が華奢で、そのさまがナボコフの『プニン』に似ていた。歳は三十代後半だろうか。私たちは世間話をした。しかしさほど時間が経たないうちに彼はひとりで話し始め、べらべらとカリブ訛りで次々と話題を変えた。バーブーダ島の出身です、と彼は言い、私が島のことを知っていると伝えると、驚いた。

たいていのアメリカ人は自分の鼻先にある場所しか知りませんよ、と彼は言った。それはともかく、そのうちここに友達が来ます。この店いまいちでしょう。初めてですか？　私は頷いた。彼は私の出身や仕事を訊いた。早口で饒舌だ。昔ね、コロラドにいたときのハウスメイトにナイジェリア人がいましたよ、と男は言った。イェミっていう奴で、ヨルバ人だったはずです。僕はアフリカの文化に興味があるんですよ。あなたはヨルバ人ですか？　私は段々苛々してきて、ケネスにいなくなって欲しくなった。民芸美術館の帰りに乗ったタクシーの運転手のことを考えた――なぁ、俺はあんたと同じアフリカ人だ。[1]

ジュネーヴ条約によって認められて、中央政府は特定の街区で軍事的反撃を放棄する（無防備都市《オープン・シティ》を宣言する）ことで街を侵略軍による破壊から守ることができます。[2]戦時のこの特別な白旗が、街の入り口ではなくて小説のタイトルに掲げられている。ポップ・シーン[3]にはアメリカの現状をはっきり暴動として描くものがあるなかで、それと対照的に小説がみずから無防備であると宣言するとき、そこでは何が暗示されているでしょうか。別の言い方をすれば、物語を濃く輪郭づける特定の人物像を放棄することで何が得られているだろうか、ということです。

◆

過去には、たとえば一九四二年にラングストン・ヒューズが「苦い川」に描写したのは、重く沈殿した、光を失った暗い川ですけれども、この暗さによって代理されているのは個人の、ある一人の人間にとっての苦しみでした。

本を読んでも―無視され
仕事を覚えても―無視され
知識を得ても顧みられず、
野心は禁じられ汚される。
この苦い川の水は、
血と泥を舐める味は、
夜に星を映さず
昼に日を映さない。

その一〇年後にラルフ・エリスンが『見えない人間』のモチーフにとったのは、暗い川の対極にある、都市の照明光の明るさでしたが、しかし正反対の方法がとられているだけ、ある一つの人物像を描いている点で同一であることがはっきりします。『見えない人間』は不可視にされた一人の人間です。ハーレムの地下に住み、天井と壁とそして床にまで電球をつけて自分自身をショウ・アップする必要に駆られた青年。

> ぼくの棲み処は、光に満ちている。そう、光に。ニューヨークを見回したってここより明るいところはないと思う、ブロードウェイも含めて。…
>
> ぼくの地下の棲み処には、ざっと一三六九個の電球がついている。天井全体に1インチ間隔でならんでいる。壁にも電線を張る。その次は床にも取り掛かるつもりだ。

しかしまた一〇年が経って、六〇年代に入るとアメリカの作家自身、この苦しい川の向こうに渡ろうとします。ジェームズ・ボールドウィンによる『仮想の小説のための覚え書』と題されたサンフランシスコ州立大学での講演が一九六〇年。彼は小説内の人物をトークンのようにして出来事を経験させるのでは不十分であると発言しました。「私たちは『ブルックリン横丁』だとか『心は孤独な狩人』だとかの姉妹編をもう必要としない」と。

おそらく小説家にとって最もクリティカルな問いは、「エッセイではいけないのか」ということだろうと思いますが、ボールドウィンの短い講演もこの問いに連なるものです。もしも小説が、第一にそれを書く人のもつ思想を表すためのものであるなら、それを書くところはエッセイであってもよかったはずです。主張のなかに現実でない条件だとか仮定があるにしても、随筆にはただ真実だけを書くべしという制約はないし、現実にあり得る仮定しか許されないわけでもないのですから。

ボールドウィンの構想した新しい小説は、もっと差し迫った動機をもつものでした。

たとえば私の友人が、自分の母親を殺してクローゼットの中に入れているとしましょう。そして私がその事実を知っているとします。そんな状況では、たとえ水入らずの親友同士であっても、ほんの二、三杯をやり過ごすのが精一杯で、すぐに私たち二人はうまく話すことができなくなって、押し黙ってしまうことでしょう。ちょっとした不注意で、そのクローゼットの死体についてうっかり口を滑らしてしまわないように、と思ってしまうせいで。

小説は、たとえば押入れに死体のあるようなとき、敷衍すれば一人の人間では語ることのできない制約の働くとき、死体の確かにそこにあることを発言し、戸をあけ、引き出してきて弔うか、あるいは謀って、冷たくなったものを人目につかない深いところに押し込むか、そういう行動のための手段となったときにはじめて独自のものとなるはずです。

日常に交わされる言語はまるで天与のものであるかのように思われていることがありますけれども、自然な言語はどれほど使いこなしたとしても完全にはなりません。言われた／書かれたことしか伝えない点が、人間同士を橋渡しするのに言葉の不十分である理由です。私たちの交わるときには表出されたものと同じくらいに表出されなかったもの（言いかけたこと、言いだせなかったこと、言い淀んだこと etc.）が意味をもちますが、[4] 日常言語はどこまでも〈陽〉の具であって、陰にかくれた躊躇とか曖昧性をそれ自体では表すことができません。なぜなら言われなかったから。

小説はこの点で、つまり書かれなかったことに消極的でなく意味を与える点で、それ以外の言語活動と違っています。それが創作に内在的というよりテキストに対して読者が事前にする了解の仕方が違うということであるにしても。書き手と切り離された、ある種の不自然な用法をとることで、交わされる日常の言語にはない性質が与えられます。

原題で Notes for a Hypothetical Novel となっているボールドウィンの講演は、これを仮説の小説、これからの検証をまつ未だ仮説段階の小説と訳すこともできそうです。そして私は、二〇世紀中葉に仮説であったものがこの一〇年間に、透けて向こうが見えるような主人公をもつ一群のテキストとして具体化したと思います。言葉遊びをすれば、それまで押入れ《クローゼット》であったものが開けた市街《オープン・シティ》になったようでもありました。

◆

いまナナ・クワメ・アジェイ＝ブレニヤーに代表されている新しい文学を書きだ

している作家たちを三〇に近いものとすれば、その父母の多くは生まれたときまだ選挙権を奪われた状態にあったことになります。

合衆国に住むアフリカ系アメリカ人に選挙権が恢復されたのは一九六五年のことです。アメリカにおいてその後の一〇年間は、大学構内で軍のヘリコプターが催涙ガスを撒き、あるいはそこで学生が射殺された時代でした。それは当時からすでに南北戦争に比べられていた、つまり内戦に限りなく近いものとして捉えられているものでした。[5]

子は、親との結びつきが良性であれ悪性であれ、世界に対する関心に同じ軸をもちます。それは行政的なものについての考え方かもしれない、あるいは生活態度についてかもしれない。しかし採る向きが正反対になるにせよ、親がそれに沿って外の世界を把握してきた軌道について子が意識しないでいることは難しい。線路のようなもので、東にも西にも進むことができるけれども、そして分岐することもできるけれども、そこから外れてしまうことはできない、というような。

そのとき、世代を超えた記憶というものがありうるだろうかと、私は疑問をもちます。つまり直接に経験されたのでなくて、両親や祖父母の経験したものでありながら、その作用としては彼自身の記憶であるようなものがあるかということです。私は私自身の経験から、ありうるだろうと結論します。

――私の祖父は戦後にシベリアに抑留され、新潟の柏崎にもどったのは四八年のことでしたが、終戦から三年の間にあったことは、とうとう自分の娘にもいわないまま亡くなりました。

しかし国家事業として植民されたうえに、日本軍が、その自国民を入植させた土地よりも後ろに最終防衛線を張った[6]という、端的にいえば棄民されたことの感触は、その町で生まれた三代後の私にまで影響を残しています。

祖父が戻ってきてから三〇年して、柏崎市には原子炉が建設されることになりますが、国がそのとき定めた条件の一つは、原子炉の建つところが人口密集地帯から離れていなければならない[7]、ということでした。万が一のことがあったときに、あまり多数に被害の及ばないように、ということです。

一九九〇年に生まれて私がそのことを知ったのは小学生の頃でしたが、自分が田舎に住んでいるというだけで、原子力発電所の事故に巻き込まれて死ぬことの可能性も、国にとっては許容範囲のこととして処理されているのを知ったときの感触は、憤りというよりも、祖父が自分と同じ年頃のとき思っただろうことの再体験でした。そして柏崎市の小学生は、社会科見学では原子力発電所に行かされるのです。グロテスクですね。

たしかに小説には幸福な時代がありました。ある人間について作者が語り、読み手は素直にそういうことがあったのだとして描かれた場面に没入できた時代です。書きつけられたものだけが大切であって、その作者はただ語り部であるような。

幸福な時代の終わってから時間が経って、ここに述べたような方法でアメリカの小説がいま書かれていることは、その作者が、直接にというのでなくて、両親や祖父母の経験したことを、第三者からすれば些末かもしれないことの連続、本人でないとそれがどのように重大であるか測りがたいような、そういう体験を通じて戦争を滲みつけられてきたことと無関係でないように思います。

人間の死ぬような、あるいは人間の死ぬことが切迫したまま何年間もずっと予定されつづけるような、たった一人の一度きりの経験でないものが再体験されるときには、数世代を経たとしても原体験が希釈されません。先代にそういうことがあったのだと割り切ることは困難で、それは日々みている、おそらくは因果関係にないだろう出来事とも結びつくようになります。

あるいはもっと適切な言い方があるかもしれませんが、私自身はそれを自分が「薄く」なった感覚として受けとります。もとの体験が、もう生活上の所作とか言葉遣いとかの異なっている世界にまでやってきているのに希釈されないまま濃いことの反作用かもしれません。そういう特別の寄りあつまった記憶はどう暮らしていても黒々とあるままです。

私はだれか実作者と近い年に生まれたというだけで「同志」というような印象を持ってしまう一人ですが、この印象は、だれか母国語を異にする人間とそのことを共有するたびに強くなります。

註

1　テジュ・コール『オープン・シティ』小磯洋光訳、新潮社、二〇一七、五八–五九頁

2　ジュネーヴ諸条約第一追加議定書

第五十九条　無防備地区

一　紛争当事者が無防備地区を攻撃することは、手段のいかんを問わず、禁止する。

二　紛争当事者の適当な当局は、軍隊が接触している地帯の付近又はその中にある居住地区であって敵対する紛争当事者による占領に対して開放されるものを、無防備地区として宣言することができる。無防備地区は、次のすべての条件を満たしたものとする。

（a）すべての戦闘員が撤退しており並びにすべての移動可能な兵器及び軍用設備が撤去されていること。

（b）固定された軍事施設の敵対的な使用が行われないこと。

（c）当局又は住民により敵対行為が行われないこと。

（d）軍事行動を支援する活動が行われないこと。

3　一例として Childish Gambino "This Is America"（二〇一八）のミュージックを挙げる。映画 JOKER（二〇一九）のラスト・シーン（炎のなかボンネット上で踊り、その後に白い廊下を逃げていく男性）はこれと共通している。

4　ハリー・スタック・サリヴァン『精神医学は対人関係論である』二〇一–二一二頁、中井久夫「精神医学と階級制について」

5　南北戦争を強く連想させる、米 Avant Garde 誌一九六九年三月号の表紙デザインを参照のこと。同年五月一五日、カリフォルニア大学バークレー校のキャンパス内で行われていたベトナム戦争に対する抗議デモに対して州は戒厳令を敷き、またキャンパスに残った学生には軍用ヘリコプターから催涙ガスが撒かれた。翌年五月四日、ケント州立大学構内での反戦デモに対して州兵が発砲、大学生四人を殺害し

た。Newsweek 誌はその二週間後、射殺された学生の横で泣き叫ぶ女子学生を撮った現場写真にNIXON'S HOME FRONT（ニクソン政権の銃後）とキャプションを入れて表紙に載せた。

6　一九四五年八月九日の日ソ開戦にあたって、日本軍は満州北部国境にソ連軍の侵攻してくることを知りながら、自分たち軍隊の撤退することを満蒙開拓団に故意に伝えなかった（井出孫六『中国残留邦人——置き去られた六十余年』岩波新書、二〇〇八、五〇-六六頁、富田武『日ソ戦争 1945年8月——棄てられた兵士と居留民』みすず書房、二〇二〇、二〇六-二一〇頁）。結果として、満州では六〇万人がソ連軍に捕縛され、抑留者のうち六万人が帰国できないまま死んだ（小林昭菜『シベリア抑留——米ソ関係の中での変容』岩波書店、二〇一八、六-一〇頁）。

7　原子炉立地審査指針（昭和三九年　原子力委員会）
二．立地審査の指針
二．一　原子炉の周囲は、原子炉からある距離の範囲内は非居住地域であること。
二．二　原子炉からある距離の範囲内であって、非居住区域の外側の地帯は、低人口地帯であること。
二．三　原子炉敷地は、人口密集地帯からある距離だけ離れていること。

あとがき

二〇二一年六月十四日に編集者からメールが届いて、九月号で「戦争と翻訳」の特集号をやるから寄稿してくれないかと言われたとき、自分にとって戦争はただ祖父にとっての戦争だけだったから、それ以外に書くべきことが浮かばなかった。

確かに小学五年生だった二〇〇一年九月十一日の朝のニュースはまだ憶えているし――TBSの木村アナウンサーだった――それから「テロとの戦い」が始まって中学一年のときにアメリカがアフガニスタンに宣戦布告して、そのときの記者会見の様子はあっけなくて、宣戦布告というのはただ慣用句としてあるのではなくて実際の手続きとしてあるのかとぼんやり思った。あるいは今これを書いている間にもロシアがウクライナに侵攻していて、たとえば家に昨日やってきた知人は、それで天然ガスの供給が不安定になっていて来年度予算が立てられないと憤慨していた。でもそれはどうやっても僕の戦争ではなかった。

日中戦争以外に、戦争をなにか身に迫るものとして感じたことはない。戦争の後遺症というものも、たとえばビルの爆裂した瓦礫だとか傷痍軍人だとかの本物を見たことはない。けれども昭和一桁と呼ばれる人たちの特異な家族形態だとか、徴兵された／されなかった兄弟間の軋みとか気後れ、あるいは「引き揚げ」によって生じた地方小都市の民族構成の小さくない変化だとかは、私には実際にあるものだった。

それは戦争の後遺症というよりも、何だろう。身体障碍には喩えられないように思う。砲弾を受けて脚が飛んだとか、そういうことではないから。あえて医学的な言葉に置き換えるのだとしたら、染色体の変化にでも喩えられるのかもしれない。世代を超えて自分のところまで到達したものである。

祖父母の一世代が徴兵されたり植民政策の一部として外地に送られて、そこで軍に見捨てられて、そして引き揚げてきた、その後に自分の親が生まれて、何か具体的に禁止されていたわけではないけれど食事時にソレンとかマンシュウとかの音があるたびに僅かの緊張が走り、寡黙だった祖父は一人で身支度できなくなった頃に、戦争番組に映った昭和天皇の画をみて「このばかやろうが」と呟いた、そういうなかに育ったという意味で、自分にとっての戦争はただ日中戦争だけだった。

おわりに

これまで書いたものを眺めなおすことは新しい経験でした。古いものはかなり前の文章であって、私自身が読み手になりました。最近の文章であればそれを書いたときの資料がまだ書棚でほとんど温かいのと対照的です。そのなかで書かれたものを補綴していくことは、ただイメージを伝えるというのでなくて、私自身が文章によって何をどのように表明したいかを再検討する機会になりました。

子供が生まれると親が死を意識するのに似て、生まれたばかりのものは、それを見ている人間に終わりの感触をまざまざと教えます。自分の出したものが他人にどう受け止められるか、そこに手心を加えたいエゴの反作用でしょうか。どうせ死ぬのだし、まとまらない意思も意図もそうなれば関係なくなるし後先を知ることさえないので、自覚しやすい方の手心が頭をもたげるたび、虚しいことやってるなぁといつか自分の死ぬ日について考えます。もとの持ち主から遠くなった博物館の展示品を、縁もゆかりもない自分が観覧者として散歩の肴にするときの感覚に近いのだと思います。

つたない文章も熱心に読む人には得るものがあるように、筆を執った当人にも収穫があるはずで、私の場合それは、右に書いたようなことを再確認できたことでした。

阿部大樹

ペンをとった理由
「「される側」の心情」『本』45(5)、講談社、2020

『精神病理学私記』について
「訳者あとがき」「サリヴァン小史」H・S・サリヴァン『精神病理学私記』（須貝秀平と共訳）日本評論社、2019

対談：ゴンサロ・M・タヴァレス
小説『エルサレム』をめぐって
「『エルサレム』に見る歴史と科学の影」ヨーロッパ文芸フェスティバル 2021年11月24日

その警官、友人につき
「その警官、友人につき」『群像』76(1)、講談社、2021

アメリカと祖父のシベリア
「アメリカと祖父のシベリア」『群像』76(9)、講談社、2021

おわりに
書き下ろし

初出一覧

＊「戦時下の松沢病院」と「登戸刺傷事件についての覚書き」を除き、本書収録にあたって加筆・修正を行いました

＊「あとがき」はすべて書き下ろしです

はじめに
書き下ろし

妄想のもつ意味
「妄想の意味，機能と出自」『精神科治療学』33(6)、星和書店、2018

八丈島にて
「ラブという経験」『統合失調症のひろば』(12)、日本評論社、2018

スキゾフレノジェニック・マザー
「スキゾフレノジェニク・マザーをめぐって」『精神科治療学』34(10)、星和書店、2019

戦時下の松沢病院
「戦時下の松沢病院」『日本社会精神医学会雑誌』25(2)、日本社会精神医学会、2016

登戸刺傷事件についての覚書き
「登戸刺傷事件についての覚書き」『精神療法』46(1)、金剛出版、2020

『もう死んでいる十二人の女たちと』／
『不安――ペナルティキックを受けるゴールキーパーの…』
「了見」『文藝』60(2)、河出書房新社、2021

阿部大樹（あべ・だいじゅ）
1990年新潟県柏崎市生まれ。
2014年に新潟大学医学部を卒業後、松沢病院、川崎市立多摩病院等に勤務する。
訳書にH・S・サリヴァン『精神病理学私記』（須貝秀平と共訳、第6回日本翻訳大賞）、『個性という幻想』、R・ベネディクト『レイシズム』、H・S・ペリー『ヒッピーのはじまり』。著書に『翻訳目録』。

Forget it Not

2022年11月1日　初版第1刷印刷
2022年11月5日　初版第1刷発行

著　者　阿部大樹
発行者　青木誠也
発行所　株式会社作品社
〒102-0072　東京都千代田区飯田橋2-7-4
電　話　03-3262-9753
ファクス　03-3262-9757
振替口座　00160-3-27183
ウェブサイト　https://www.sakuhinsha.com

本文レイアウト＋装丁　宮古美智代
装画　六角堂DADA
本文組版　米山雄基
編集担当　倉畑雄太
印刷・製本　シナノ印刷株式会社

Printed in Japan
ISBN978-4-86182-937-6　C0095